Ina Vandewijer

ANANA

Eine Inuit-Legende

Aus dem Flämischen von Barbara Heller

Mit Illustrationen von Heinke Both

Piper
München Zürich

Die flämische Originalausgabe erschien 2002 unter dem Titel
»Merg en bloed« bei Afijn/Clavis in Amsterdam und Hasselt.

Die Übersetzung dieses Buches wurde gefördert durch:
Flämischer Literaturfonds (Vlaams Fonds voor de Letteren – www.fondsvoordeletteren.be)

ISBN 3-492-04594-4

Gesetzt aus der Sabon
Satz: KCS GmbH, Buchholz/Hamburg
Druck und Bindung: Clausen & Bosse, Leck
Printed in Germany

www.piper.de

Für Beth, Pieter, Thierry und Tom,
für ihre Geduld

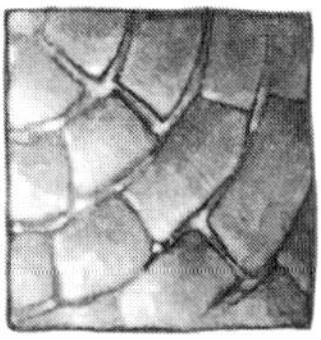

Anana wurde geboren. Ihre Mutter stöhnte und weinte, schlug wild um sich und trieb Anana mit einem langgezogenen Schrei aus ihrer Welt hinaus, in die Welt hinein.

Die Frauen nahmen das Neugeborene in Empfang. Sie tuschelten untereinander. Eine von ihnen schnitt die Nabelschnur durch, eine andere wickelte das Baby in ein Fell, um mit ihm hinauszugehen.

Die Mutter rang nach Luft und suchte in ihren Rhythmus zurückzufinden. Es gab noch Arbeit, die Nachgeburt. Da sah sie, wie die Frau sich mit dem Bündel davonmachen wollte.

»Nein!« rief sie. »Ein Junge?«

Die Frau schüttelte den Kopf und wollte weiter.

»Bleib stehen!« Die Mutter fuhr hoch, entriß der Frau das Kind und drückte es an sich. »Ein Junge«, zischte sie.

So brach sie das erste Tabu.

So wurde Anana ein Junge. So wurde Anana gerettet.

Die Frauen wandten sich von der Mutter ab und ließen sie mit dem Kind allein. Die Mutter ergab sich der nächsten Schmerzwelle und half sich selbst.

Das Kind sah mit weit offenen Augen zu.

Der Mann vernahm die schlimme Kunde. Um die Schande, die er in den Augen der anderen Jäger las, zu tilgen, stürzte er sogleich zur Geburtshöhle.

Er schlug die Frau, die das Kind unter ihren Fellen verbarg.

»Anscheinend hat die Frau ein Kind weiblichen Geschlechts zur Welt kommen lassen?«

»Anscheinend. Und solange die Frau lebt, wird auch ihre weibliche Nachkommenschaft leben«, sprach sie ruhig.

Der Mann wußte, daß er wieder nach einer anderen Frau auf die Jagd gehen mußte, wenn er diese Frau und ihre Mißgeburt tötete. Ohne sie würde sein Unglück noch größer werden, als es schon war. Und sie hatte ihm bisher gut gedient und ihn warm gehalten.

Er schlug sie so heftig, daß man es draußen hörte.

Die Frau schrie so laut, daß alle es hören konnten und noch lange darüber reden würden.

Das Kind blieb ungewöhnlich still.

Das Kind blieb ungewöhnlich still. Stets war es in der Nähe der Mutter. Die Mutter war streng, wenn andere dabei waren. Das Kind paßte sich an und nahm alles schweigend in sich auf.

Wenn sie allein waren, machte die Mutter das Kind mit den Aufgaben der Frauen vertraut. Und es lernte, unter harten Bedingungen zu überleben. Der lange, sonnenlose Winter, in dem nur ein weißer Mond leuchtete, war ein sicheres Nest. Der Mann ging unterdessen auf die Jagd nach Robben, Füchsen oder dem seltenen Eisbären. Der Vorrat vom Sommer erwies sich Jahr für Jahr als ausreichend. Oft war der Mann fort. Allein. Die Schande trieb ihn hinaus auf die offene Fläche. Zuweilen brachte er einen Teil der Beute in andere Iglus, im Tausch gegen Respekt und einen Schlafplatz bei einer anderen Frau.

Von dem Tabu sprach niemand. Das Kind wurde totgeschwiegen.

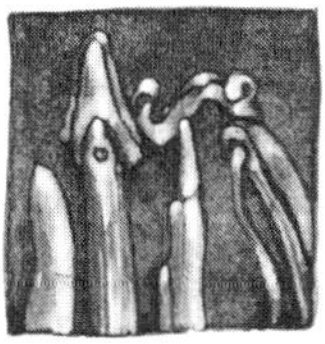

Dicht bei der Mutter und nur von ihr lernte das Kind. Worte. Worte, die nicht gebraucht werden durften. Worte, die Geheimnisse bargen. Tabuworte. Worte, die mit dem Aussprechen magisch wurden. Worte, die vor allem dann nicht gebraucht werden durften, wenn der Mann dabei war. Der Mann fürchtete sich vor Worten, vielleicht auch vor der Frau, die sie sprach.

Und noch viel mehr lehrte die Mutter das Kind. Aus allem, was sie fand, machte sie kleine Gegenstände, um dem Kind so die Kenntnis des Größeren zu vermitteln. Die Mutter lehrte das Kind, einen Umiak zu bauen, einen Frauenkajak aus Robbenhaut.

»Umiak, der Bauch der Frau im Wasser«, sagte die Mutter.

Sie lehrte das Kind, die Hunde zu zügeln und die kurze Peitsche zu gebrauchen. Sie lehrte das Kind, einen Polarfuchs in der Falle zu fangen und ihn abzuhäuten. Sie lehrte das Kind, mit dem Schabmesser Häute geschmeidig zu kratzen. Mit der Knochennadel nähte man Kleider und machte sie wasserdicht.

Das Tabukind wurde erzogen wie der Sohn, den die Mutter niemals gebären würde. Das Kind lernte, geschickt mit der Harpune und dem Frauenmesser umzugehen.

»Das Ulu, das Frauenmesser, schneidet rund. Die Harpune spießt auf, wie ein Mann«, erklärte die Mutter.

Das Tabukind lernte mit einer Begierde, die mehr mit Verzweiflung und Haß zu tun hatte als mit dem Überleben. Auch das Fadenspiel lernte es. Aus einer dünnen Lederschnur wob die Mutter Gespinste zwischen ihren Händen. Das Kind nahm sie zwischen die eigenen Hände und machte andere Gespinste daraus. Mutter und Kind woben zwischen ihren Händen erkennbare Abbilder dessen, was sie um sich herum sahen. Worte brauchten sie den Dingen nicht zu geben, weil sie ganz plötzlich zwischen ihren einander ergänzenden Händen entstanden. Sie woben Welten aus Tieren und Sternen, Monden und Häusern, Menschen und einem Mann.

Das Kind übertraf alle anderen Kinder der Siedlung an Schnelligkeit, Schläue und Geschick. Die Mutter mußte es nahe bei sich halten, sonst hätte die Siedlung es ausgestoßen. Das Tabukind weckte schmerzhafte Erinnerungen an Dutzende anderer, weniger glücklicher Würfe. Mädchen im gleichen Alter gab es keine. In Hungerzeiten überlebten Töchter nicht.

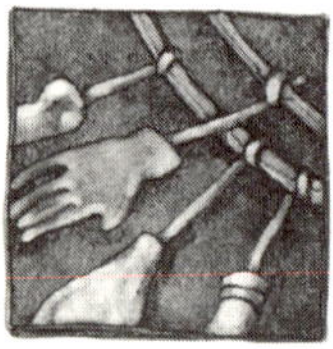

Die Mutter gebot dem Kind, so wenig wie möglich mit anderen Kindern zu sprechen, am besten überhaupt nicht. So wie sie selbst.

Frauen hatten so gut wie nichts zu sagen. Vor allem die Mutter eines Tabukindes und das Tabukind selbst sollten den Atem für Worte besser sparen.

Zu den Geistern durfte nur Imenak, der weise Mann, sprechen, nur er durfte die Rituale vollziehen, die Traumwelt aufsuchen, davon erzählen und wahrsagen.

Bei der Geburt bekam jedes Kind einen Namen von Imenak. Den eines verstorbenen Verwandten oder eines Verstorbenen aus dem Clan, damit zusammen mit dessen Namen auch seine guten Eigenschaften auf das Kind übergingen. Ein Inuk, ein Mensch, bestand aus einem Körper, einem Atem und einem Namen. Dieses Kind nicht. Es hatte keinen Namen. Ohne Namen war es kein Inuk. Man nannte es die Schweigerin. Oder die Sprachlose.

Oder das Tabu-der-Mutter. Ein lebendes Geschwür. Man glaubte, das Kind könne nicht sprechen, und nach seiner Geburt seien ihm sowohl der Penis als auch die Zunge abgeschnitten worden. Zumindest dachten das die anderen Kinder im Clan.

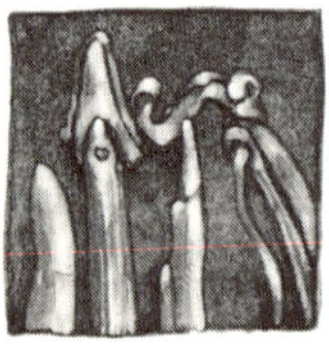

Einmal gingen die Mutter und das Kind zu Imenak, dem Seher. Imenak war kein Jäger, er war ein Krieger. Er focht mit den Geistern, die außer ihm niemand sah. Er ging aus unerhörten Kämpfen siegreich hervor, er redete in fremden Zungen, er fand die Tore zu anderen Welten und betrat sie. Unversehrt kehrte er zurück. Wer ihn um Rat fragte, blieb niemals unversehrt. Wenn man ihn fragte, trat die Veränderung immer schnell ein. Entweder der Frager stellte seine Frage und Imenak gab die Antwort, oder der Frager ging an der Frage zugrunde. Selbst Imenak mußte sich Mächten beugen, die stärker waren als er. Ajornarmat. So sei es.

Einmal gingen die Mutter und das Kind zu Imenak. Die Mutter schob das seltsame Kind vor sich her, in das Haus aus Eis. Imenak saß nackt auf dem Boden. Die Tranlampe brannte mit Dochten aus duftenden Moosen. Das Kind nahm die Düfte in sich auf, die goldenen Sonnenfarben um den Mann, um Imenak.

Das Kind nahm Imenaks Augen in sich auf, Augen, die auch sie wahrnahmen. Und mit denselben Augen sah das Kind die Mutter und den Mann Imenak beieinanderliegen. Die Geister ergriffen Besitz von ihnen, mit stammelnden, stöhnenden Stimmen, die sich bekämpften und gegen die Wände der Eishütte prallten.

Das Kind schaute zu und sah Imenaks Augen, seinen kurzen, aber eindringlichen Blick, und schaute zu. Auch noch, als Imenaks Augen längst nicht mehr Imenaks Augen waren.

Während die Mutter sich anzog, versorgte das Kind die Tranlampe.

»So sei es«, sprach Imenak, und er vergaß, das Kind anzusehen.

Das seltsame Kind blieb Zielscheibe der Hänseleien und gemeinen Spiele, denen Kinder Schwächere instinktiv unterwerfen. Es gab in jenen Tagen ein paar Jungen, die die Hungersnot überlebt hatten. Orfik, Tukak und Loovek. Die älteren Jungen gingen schon mit auf die Jagd, die Kleinsten saßen noch unter den Fellen bei ihren Müttern.

Vor allem Loovek quälte die Sprachlose gern. Er ahmte das Jagdspiel der älteren Jungen nach. Mit Steinen hetzte er das Kind wie ein Hirschkalb. Orfik und Tukak machten mit. Neugierig, wie Loovek war, wollte er wissen, ob die Sprachlose eine Zunge hatte, ob die Schweigerin weinen oder lachen konnte. Er bewarf sie lange. Zuerst stieß sie einen kurzen Schrei aus, dann kam kein Laut mehr über ihre Lippen, wenn die Steine sie schmerzhaft trafen.

Auch in den Sommermonaten behielt das Kind die schweren Pelze an, ihren Panzer gegen heimtückische Angriffe. Die Schweigerin wurde zur schnellsten Läuferin. Über das Eis und durch den Schnee flog sie, und ihre Verfolger mußten bald aufgeben.

Eines Tages wandte sie sich zu ihren Peinigern um. Mit einem flachen Stein zielte sie zwischen Looveks Augen.

Blut tropfte ihm von der Braue ins Auge. Er schrie und kreischte und stampfte vor Wut und Schmerz auf das Eis. Die Sprachlose sah zu und rührte sich nicht.

In der Siedlung wurde bestürzt über den Zwischenfall getuschelt. Der weise Imenak tat Schlamm und Moos auf Looveks Wunde, und einen halben Monat später war nichts mehr davon zu sehen. Doch der Haß schwelte.

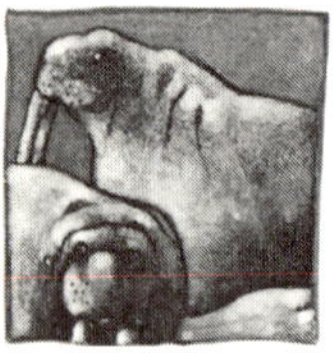

Da spannte der Mann die Hunde vor den Schlitten wie für eine weite Reise. All ihre Habe luden sie auf den Schlitten. Kein Mensch war draußen vor den Iglus, um ihnen nachzuschauen, als sie aufbrachen. Es geschah zu der Zeit des Jahres, in er es keine Nacht mehr gibt, in den Stunden des Morgensterns, wenn der Schnee am besten ist.

Das Kind ging mit der Mutter hinter dem Schlitten her und schaute zu ihr auf. Sehnsüchtig blickten ihre Augen auf die weite schneeweiße Fläche, die leuchtenden Nebel in der Ferne. Einen Moment schien es, als lächelte sie.

Ohne den Schutz der Siedlung zogen sie umher, dem Wild nach. Die Hunde brauchten Futter, die Nahrungsvorräte waren begrenzt, die Tage überaus hart. Auf ihrer Wanderung durch Schneestürme, über Gletscher und entlang tiefer Klüfte sahen sie keine anderen Menschen. Die wenigen Iglus und Unterschlüpfe waren verlassen und sparten ihnen Zeit: Oft brauchten sie keine Schneehütte zu bauen.

Als das Licht stärker wurde, brach der Mann nicht mehr mit den Hunden auf. Er ging zu Fuß zum Rand des Eises, um Seehunde zu jagen.

Einmal zog das Kind die Schneeschuhe und die schweren Fellüberkleider an. Aus dem Waffenvorrat des Vaters nahm sie sich einen beinernen Widerhaken. Die Mutter griff nicht ein. Das Kind folgte den Spuren des Vaters im Schnee und fand ihn am Eisrand. Der Jäger sah das Kind kommen. Er hielt die tödliche Harpune in der Hand. Mit großen Augen kam das Kind näher, ohne Angst. Der Jäger hatte bereits ein Atemloch im Eis freigelegt. Wenige Schritte davor blieb das Kind stehen. Jäger und Kind sahen sich an, mit demselben verhaltenen, dunklen Blick.

Der gespannte Blick des Kindes wanderte zu dem zitternden Schilfhalm über dem Schwimmer. Sie sog die Luft ein, kurz und scharf.

Der Jäger warf die Harpune. Schnell holte er den Seehund an der Leine hoch, zog einen Handschuh aus und schnitt dem Tier mit einem kräftigen Messerhieb die Kehle durch, ohne daß Blut in das Loch floß.

Als er fertig war, blickte er auf und sah das Kind ein Stück entfernt über ein anderes Atemloch gebeugt. Er sah den Widerhaken in ihrer Hand. Er ließ sie gewähren. Wenn das Kind traf, ging es um alles oder nichts. Das Kind oder der Seehund. So ist das Leben, so ist die Jagd.

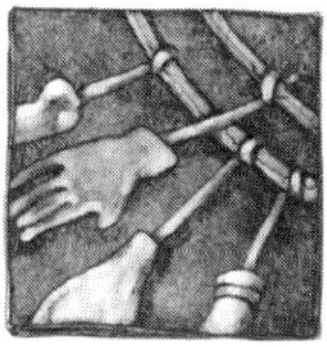

Viele Gedanken besuchten das Kind während des Wartens an dem Atemloch. Bilder in ihrem Kopf. Bilder von ihrer Mutter, von der Siedlung, die sie verlassen hatten, von den Kindern, die einen Namen hatten, von den Hunden, mit denen sie umhertollte. Im Geist wiederholte sie alles, was sie gelernt hatte. Das Fadenspiel mit der Lederschnur, das sie mit ihrer Mutter zu spielen pflegte. Jeden Faden des Gespinsts konnte sie zu sich heranziehen und damit alles, was ihre Mutter sie gelehrt hatte. So wie sie den Seehund, der sich unter dem Atemloch verbarg, zu sich herlocken würde. Sie hatte sich das Ende der langen Leine um den Leib geschlungen, um mehr Widerstand bieten zu können, wenn der Seehund abtauchte. Mit beiden Händen hielt sie die Leine umklammert. Wie viele Gespinste sie in ihrem Kopf gewoben hatte, ehe das Wasser sich kräuselte, wußte sie nicht. Die Bilder kamen und gingen, eine lange Wolkenreihe von Gestalten. Bis der Seehund auftauchte.

Es wurde eisweiß in ihrem Kopf und kalt. Eine weiße, eiskalte Hitze explodierte in ihrem Körper und ließ den Widerhaken in das Atemloch schnellen. Hinter dem Augenknochen des Seehundes blieb er stecken. Der Seehund riß an der Leine, verschwand unter dem Eis, zog das Kind schräg über das Atemloch. Die straff gespannte Leine klemmte ihren kleinen Finger ein und riß ihn ab. Blut spritzte in den Schnee. Die Sprachlose gab keinen Laut von sich. Die Luft in ihrer Lunge wurde abgeschnürt, der kleine Körper schien mittendurchzubrechen.

Bis ein Fuß sie beiseite schob, der Vater die Leine ergriff und den Seehund mit wenigen kräftigen Rucken hochzog. Schnell und fachkundig tötete er das Tier, schnitt die Leine durch, damit das Kind wieder atmen konnte, und besah sich das Blut im Schnee. Der kleine Finger war weg.

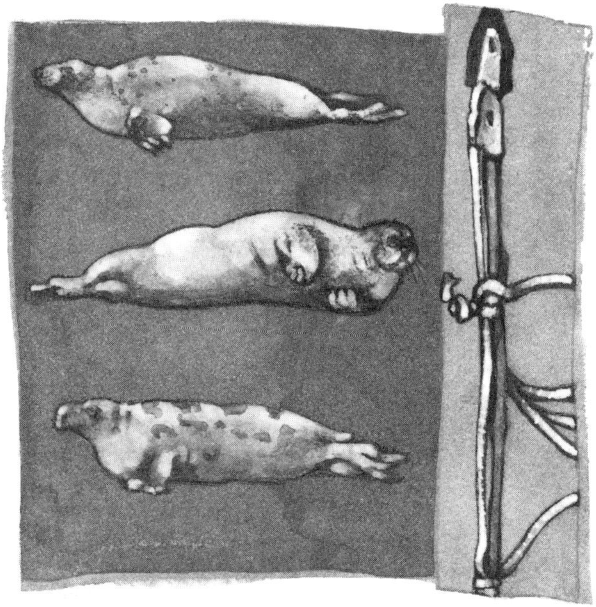

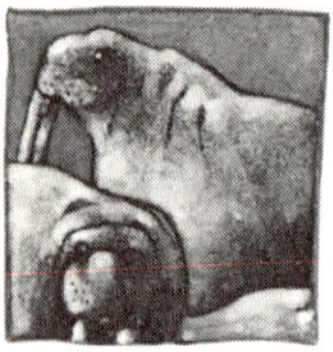

Der Jäger entschied, daß zwei Robben ein guter Fang und genug zu schleppen seien. Auch waren die anderen Seehunde durch die Bewegungen auf dem Eis vermutlich aufgeschreckt und würden sich nicht mehr zeigen. Zumindest nicht an dieser Stelle. Schweigend band sich der Jäger ein Seil um die Hüften, an dessen Ende er die Robben festmachte. Er schleifte sie zum Lager. Das Kind rannte voraus und erreichte den Iglu als erste. Die Mutter stillte das Blut, leckte die Wunde und verband sie. Als der Jäger kam, kochte das Wasser, und die Mutter stand mit ihrem Ulu bereit, um die Seehunde zu zerlegen. Nur die besten Teile wurden sofort gegessen.

Das Kind bekam von der Mutter ein Stück von der saftigen, blutreichen, noch lauwarmen Leber. Den Teil, der allein den Jägern zusteht. Das Kind warf einen Blick auf die verbundene Hand. Der Jäger nahm das Fleischstück und steckte es ihr eigenhändig in den Mund. Es wurde kein Wort gesprochen. Das Kind drückte das Fleisch an die Zähne, kostete, kaute widerwillig, aß. Der pochende Schmerz in ihrer Hand war furchtbar.

Nach dem Essen legte das Kind sich am Schlafplatz nieder. Noch ein Gespinst war in ihrem Kopf entstanden. Ein abscheuliches Gespinst. Die Bilder tauchten immer wieder in ihrem Kopf auf, immer schneller. Das Kind konnte die Fäden nicht entwirren. Deshalb war Blut da. Ihr Blut. Jedesmal wenn sie die Bilder nicht erkennen konnte, Blut.

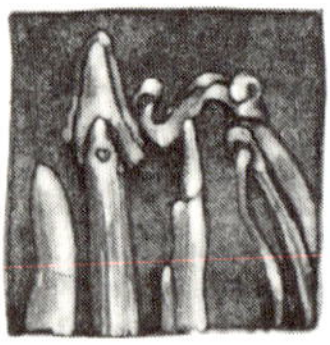

Die Mutter kroch zu ihrem Kind und flüsterte die uralte Geschichte. Sie mußte flüstern, denn der Jäger hörte mit. Und kein Wort der Geschichte sollte ihm entgehen, obgleich er sich die Felle über die Ohren zog. Die Worte der Mutter, die Magie, die jedes Wort beschwor, machten ihm angst. Es war die Angst des Jägers, von dem, was ihm überlegen war, verschlungen zu werden. Und die Mutter flüsterte die Geschichte von Nuliajuk und dem einsamen Fischer:

»Rings um das Eis ist das Meer, wunderbar und schrecklich. Das Meer lebt, und in ihm leben die Meerestiere: der Wal, das Walroß, die Seehunde, die vielen Fische, die Muscheln – alle schwimmen im eiskalten Wasser. Sie sind die Geschöpfe, geschaffen von Nuliajuk, der Göttin der Tiefe. Nuliajuk, die Gewaltige, belohnt die Menschen mit Nahrung aus dem Meer. Ohne ihren Segen scheitert die Jagd, und die Menschen verhungern.

Nuliajuk lebte im Meer, in einer großen Ruine aus Walrippen. Die Meerestiere schwammen frei und unbekümmert um sie herum. Am Eingang ihres Walhauses saß ein furchterregender Hund, der jedem Besucher an die Kehle sprang. Die Legende besagt, daß Nuliajuk einen grausamen Vater hatte. Weil das bildschöne, eitle Mädchen die Jäger mit ihren Geschenken abwies, stieß er sie von den Felsen. Hinab sank sie, tief in das eiskalte Wasser des Meeres. Tang und Muscheln verfingen sich in ihren langen schwarzen Haaren. Die Gezeiten wogten über ihren Leib hinweg, und ihr Fleisch verfaulte. Auf ihrem weißen Schädel wuchsen Seepocken und Algen.

Einmal wagte ein einsamer Fischer sich auf das eiskalte Meer. Er warf die Netze aus. Sie sanken tief hinab, und ihre Schnüre hakten sich in die Rippen des Skeletts. Der Fischer lachte, als er den Fang aus der Tiefe zu holen begann, und dachte: Das ist ein großer Fisch. Er zog die Leinen zu sich heran. Das schaurige Gesicht des Totenkopfes tauchte an der Oberfläche auf.

Entsetzt warf der junge Mann den Körper ins Wasser zurück und ruderte, so schnell er konnte, ans Ufer. Doch Nuliajuks Skelett hatte sich in den Netzen verstrickt, und so schnell er auch ruderte, so schnell zog er sie hinter sich her. Als er an Land kam, eilte er heimwärts. Die Skelettfrau folgte ihm. Endlich erreichte er seine Hütte. Er schleppte sein Angelgerät hinein und mit ihm die Skelettfrau.

Er schauderte und schrie auf, als er merkte, daß sie in der Hütte war. Doch sie regte sich nicht, sie bedrohte ihn nicht, und bald beruhigte er sich wieder. Er machte Feuer, aß etwas Fisch und warf ihr verstohlene Blicke zu.

Vielleicht regte sich Zärtlichkeit in ihm, vielleicht ein Mut, von dem er nichts gewußt hatte. Im flackernden Schein der Öllampe betrachtete er das grausige Wesen, das so hilflos in seinen Netzen gefangen war. Es tat ihm leid, und er begann es zu befreien, Knochen um Knochen, Rippe um Rippe. Endlich lag das Skelett der Frau vor ihm auf dem Boden. Er legte ihre langen Finger auf ihr Brustbein. Er bettete ihren weißen Schädel auf Felle, dann war er erschöpft. Auf seinem Lager schlief er ein.

Die Skelettfrau sah alles. So lange war es her, daß sie es warm gehabt, daß sie an einem Feuer gelegen hatte. Sie spürte, wie sich Leben in ihr regte. Sie bewegte die Finger, verlagerte die Füße. Steif und mühsam erhob sie sich und ging dorthin, wo der Mann schlief.

In seinem Augenwinkel sah sie eine Träne. Vielleicht weinte er im Schlaf um die Skelettfrau ohne Fleisch, vielleicht weinte er über seine Einsamkeit, oder er träumte einen bösen Traum, den sie nicht zu ergründen vermochte.

Die Skelettfrau besah sich die Träne und dachte: So lange ist es her, daß ich getrunken habe. Sie beugte sich über das Gesicht des Fischers und leckte die Träne auf. Sie trank und trank, denn ihr Durst war alt und tief. Und als sie genug getrunken hatte, trug sie alles Trockenfleisch, das sie finden konnte, zusammen und aß und aß, denn so lange war es her, daß sie sich genährt hatte.

Dann sinnierte sie wieder über dem schlafenden Mann. Sie legte die schmale Knochenhand auf seine Brust und spürte das Pochen seines Herzens. Und sie, die nun satt war und von seiner menschlichen Güte getrunken hatte, ließ diesen warmen Rhythmus in ihre alten, kalten Gebeine strömen. Mit jedem Herzschlag veränderte sie sich. Sie griff nach seinem großen, pochenden Herzen und fand, was sie sonst noch brauchte: dunkle Augen, eine zarte Haut, Brüste und breite Hüften, wie Frauen sie haben. Als sie vollständig war und nicht mehr fror, legte sie sich neben dem schlafenden Mann nieder.

Beim Aufwachen fand der Mann eine schöne Frau neben sich. Von da an lebten sie zusammen. Überflüssig zu sagen, daß er ein berühmter Fischer wurde. Die Skelettfrau, die ja so lange in den Tiefen des Meeres gewohnt hatte, wußte, an welchen Stellen die meisten Fische schwammen.«

Die Mutter beendete ihre Geschichte. Sie spürte, daß der Jäger noch wach war, und legte sich zu ihm.

Das Kind hörte, wie der Jäger die Mutter empfing. Wie er sie flink an sich drückte. Wie die Erregung ihre Spur zog. Der pochende Schmerz in ihrer Hand war furchtbar.

Das Kind phantasierte im Schlaf, es lallte und stieß Schreie aus. Ehrfürchtig lauschte der Vater den Geistern, die seine Hütte und seinen Kopf erfüllten.

Nach dem Aufwachen schaute die Mutter zu, wie der Vater wartete, bis das Kind angezogen war. Er wartete, er zögerte und ließ sich Zeit mit den gewohnten Verrichtungen, bis das Kind fertig war. Das Kind glühte von innerer Hitze und gleich darauf von seinem Fellparka. Schweigend nahm sie die Reserveharpune von dem Jäger entgegen. Die Mutter versorgte die Lampe und machte sich bereit, die Häute der beiden Robben zu gerben. Das Kind begriff, daß es im Iglu keine Aufgabe mehr hatte. Sie wurde, wozu sie geboren war: Jäger, Junge. Ihr Daseinsgrund zog als heiße Wahrheit durch ihren Bauch. Sie folgte ihrem Vater und tat ihm alles nach. Die Mutter aller Lebewesen tief unten im dunklen Wasser hatte sie der Welt zurückgegeben. Sie war neugeboren.

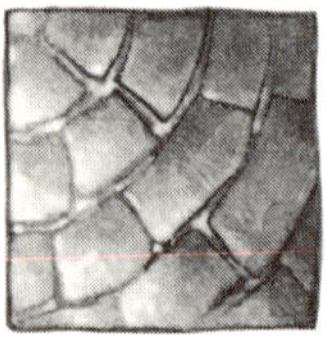

Der Jäger und das Kind blieben jetzt länger auf dem Eis, ehe sie zu dem Iglu zurückkehrten. Erhob sich ein Schneesturm, hackte der Jäger einen Schutzwall aus dem Schnee, oder sie suchten Zuflucht hinter aufgetürmtem Eis, bis der Sturm nachließ. Dann standen sie, krumm vor Geduld und Kälte, wieder über die Atemlöcher gebeugt. Aus einem Karibugeweih hatte der Jäger eine Harpune mit Anker für das Kind gemacht. So brauchte sie nicht ihren Körper einzusetzen, wenn sie ein Tier fangen wollte, das stärker und größer war als sie.

Als das Meereis zu schmelzen begann, endete die Jagd an den Atemlöchern. Die beiden Jäger hatten reiche Beute gemacht, einen vollen Mondumlauf lang. Es schien, als hätte das Opfer die Große Mutter in den Wassern günstig gestimmt.

Die Mutter kam kaum nach. Sie verarbeitete all das Fleisch und schabte die Häute. Der Jäger baute eine zweite, stabilere Hütte aus Steinen, in der die

Fleischstücke abhängen und die Nahrungsvorräte lagern konnten. Um die Vorräte später wiederzufinden, errichtete er, wie der Brauch es verlangte, einen Cairn: Steine, in Menschenform gestapelt.

Die Wunde heilte schnell und gut. Doch während des langen Wartens in der geschäftigen Stille der Hütte spürte das Kind, wie der verlorene Finger mittun wollte. Sie sah ihn nicht, und doch war er da.

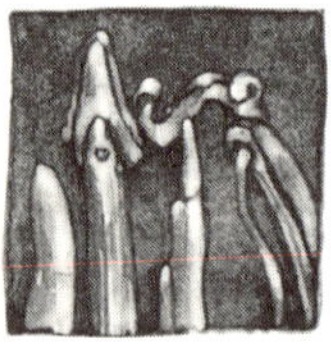

Die Hunde waren wohlgenährt und faul. Nachdem das Meereis aufgebrochen war, gab es wenig für sie zu tun, nur den weißen Bären mit seinem Jungen konnten sie hetzen. Mit einem der Hunde hatte das Kind Freundschaft geschlossen. Seit der Jäger und die Mutter zusammen schliefen, war das Kind oft allein. Sie kapselte sich ab. Das Zurückbleiben kannte sie, ohne daß die Mutter es sie gelehrt hatte. Das Zurückbleiben gehörte zu ihr, seit dem Tag ihrer Geburt. Sie dachte an das Wort des weisen Imenak, das sie sich eingeprägt hatte: Ajornarmat, so sei es. Sie wich den Blicken des Jägers und der Mutter aus. Sie suchte den einen Hund. Eine Hündin. Eine Kreuzung aus einem Wolf und einem der besten Leithunde des Jägers. Der Jäger ließ zu, daß das Kind die Nähe der scheuen Hündin mit dem fast weißen Fell und den gelben Augen suchte. Hund und Kind fanden einander in einem Blick, einer Gebärde. In der schweigenden weiblichen Unterwerfung, die beide kannten.

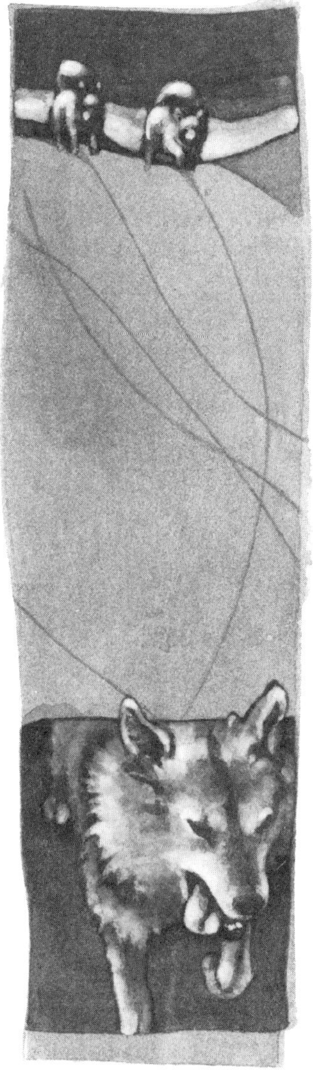

Als die Hündin läufig war und von den anderen Hunden bedrängt wurde, stürzte das Kind herbei und griff ein. Sie versuchte die Rüden fernzuhalten, aber die Hündin unterwarf sich dem Führer des Rudels. Sie paarten sich. Die Hündin sah das Kind verstohlen an, als wollte sie sagen: Dies ist kein Verrat, dies ist, wie es sein muß.

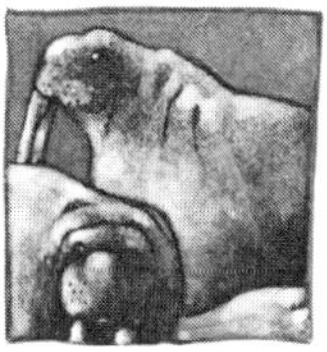

Sie brachen das Lager ab. Der Jäger benutzte die Hunde nun als Lasttiere. Ohne das Eis konnten sie die schweren Schlitten nicht mehr ziehen. Mutter und Kind trugen ihren Teil an Fellen, Hausrat und Waffen.

Es gab keinen Unterschied mehr zwischen Tag und Nacht. Die Dunkelheit hatte der stärker werdenden Schwestersonne Platz gemacht. Mehrere Mondumläufe lang sollte sie nicht mehr vom Himmel weichen.

Während der Eismonate waren sie keinem anderen Clan begegnet.

Die Mutter hielt sich jetzt aufrechter. Sie wurde stolzer, stärker. Das Kind sah, wie der Vater den Horizont nach anderen Clans, anderen Jägern absuchte. Um sich mit ihnen zu messen, um das Jagdritual zu vollziehen. Um Zeugen zu haben für seine Kämpfe gegen die Dämonen, die in der Luft, im Wasser und auf dem kahlen Land umherschweiften. Da kein Schamane in der Nähe war, vermochte der Jäger die Vorzeichen nicht zu erkennen. Er hatte die einsame Jagd auf der weißen Fläche nie gefürchtet, denn immer konnte er zum Clan zurück. Jetzt aber flößte die Jagd ihm Angst ein. Es gab kein Zurück, er mußte allein weiter, mußte dem Zug der Karibus in die Ebenen folgen, in denen sie ihre Kälber warfen und Nahrung fanden.

Die Reise war schwer. Das Kind mühte sich unter der Last der Felle. Mücken und Flöhe taten sich fortwährend an ihrem Blut gütlich. Wenn es Zeit war, die Hunde zu füttern, hielten sie im hellen Licht an. Dann schlugen sie ihr Lager auf und schliefen. Oder sie suchten eine Höhle, die ihnen Schutz bot, oder stapelten Steine um eine Mulde und spannten Häute darüber. Die Mutter kochte Blutsuppe mit Kräutern, die sie an sumpfigen Stellen fand. Der Jäger hielt sich dicht bei den Flußläufen und den Seen, um die Hunde mit Nahrung zu versorgen. Fisch war besser als zähe Häute, besser auch, als einen der Hunde als Futter für die anderen opfern zu müssen. Seltsamerweise herrschte kein Mangel. Das Kind und die Mutter fischten mit. Es war die einzige Form der Nahrungsbeschaffung, an der sich Frauen beteiligen durften, denn sie waren mit der Großen Mutter in den unermeßlichen Tiefen verwandt.

Das Kind sah, daß die Kraft des Jägers nachließ,

obwohl es wärmer wurde. Sie waren nun schon viele Lagerplätze unterwegs, und noch immer war von den großen Herden keine Spur zu sehen. Das Kind behielt den Wolfshund bei sich. Wenn der Jäger nicht da war, konnte sie mit ihm spielen. Nur bei dem Hund brauchte sie nicht auf der Hut zu sein. Nur von der Hündin fühlte sie sich nicht abgelehnt.

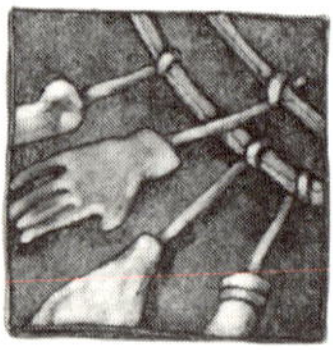

Der Jäger schlug das Zelt aus Häuten auf und wies die Mutter an, den Haushalt einzurichten. Das Kind spürte, daß sie des Wolfshundes wegen hielten, ihres Hundes. Es war die Zeit des Karibumondes, wenn die Karibus nordwärts ziehen, um zu kalben.

Die Hündin durfte in das Zelt. Jaulend und mit gekrümmten Pfoten und eingezogenem Schwanz kroch sie darin umher. Die Augen des Wolfes kannten das Zelt nicht von innen, und das Tier mußte die Hitze und den scharfen Geruch der Tranlampe ertragen. Dicht bei dem Kind legte es sich nieder. Der Jäger und die Mutter gingen ihrer Arbeit nach.

Das Kind blieb bei der Hündin, als sie die Jungen warf. Sie jaulte und ächzte, wand und krümmte sich, als schwirrten die Geister des Wolfes vorbei. Eins nach dem anderen stieß sie die Welpen aus. Dann leckte sie sie trocken und vergaß das Kind, den Jäger und die Mutter.

Um diese Zeit kamen andere Jäger zu dem Zelt,

und das Kind erhielt einen neuen Namen: Die-mit-nur-einem-kleinen-Finger, die Hüterin der Welpen.

Die anderen Jäger, drei Finger an der Zahl, folgten mit ihren Frauen und Kindern derselben Spur. Neben dem Zelt des Jägers hatten sie ihre Zelte aufgeschlagen, während die Hündin ihre Jungen warf, sechs Finger an der Zahl.

Der Jäger lud die Gäste in sein Zelt ein, wo die Mutter von ihren Vorräten gekocht hatte. Die Frauen hielten sich im Hintergrund, die Männer saßen im Kreis und tauschten Neuigkeiten aus. Sie redeten und redeten, und wenn der Jäger sprach, lauschten sie ehrfürchtig, denn dieser Mann hatte das Eis und die Kälte allein besiegt, ohne daß die Naturgeister ihn überwältigt hatten. Die anderen Familien hielten ihn für einen guten Anführer. Lächelnd bot ihnen die Mutter Suppe und Seehundfleisch an. Das Kind wachte über den Wolfshund und paßte auf, daß ihm die anderen Kinder nicht zu nahe kamen.

Das Kind träumte zwischen den Welpen und der Hündin, die die Ihre war. Sie träumte ein seltsames Geräusch, das in ihrem Kopf anschwoll. Als schlüge ein Schwarm Vögel um ihren Kopf herum mit den Flügeln. Sie träumte, daß sie im weißen Wollgras unter dem Karibumond schlief. Sie schlief und hörte das Geräusch. Es schwoll an. Wie die Wellen des Meeres während der Vogelmonate schwappte es an ihre Ohren und drang in ihren Kopf. Sie träumte, daß sie schlief, und im Schlaf sah sie Karibus im Nebel auftauchen. Noch nie hatte sie so viele auf einmal gesehen. Einen Moment lang verspürte sie Angst, dann merkte sie, daß sie an einem Haufen Steine lag. Die Karibus würden die Steine umrunden, statt sich an ihnen zu Tode zu stürzen. Sie blieb liegen, wartete ab und schlief. Die stampfenden Hufe wirbelten Grasbüschel auf wie Schnee. Staub wölkte wie dichter Nebel. Immer mehr Tiere kamen. Ein einziger Atemstoß aus schnaubenden Nüstern. Ein einziger hämmernder Wirbel. Wie damals, als Blut aus ihrer Hand geflossen war. Jetzt fühlte sie keinen Schmerz. Die Herde war vorbei.

Sie träumte, daß sie erwachte. Sie erhob sich und schaute der Herde nach. Unter den Steinen neben sich sah sie die Schädel und Knochen von Jägern. Weiß zwischen den mit Vogelkot bedeckten schwarzen Steinen.

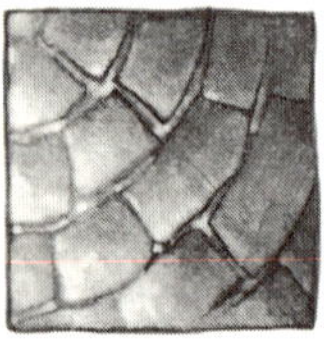

Die-mit-nur-einem-kleinen-Finger erwachte und merkte sich die Augenhöhlen in den Schädeln. Hart wie die Steine, die sie geschützt hatten. Der Jäger und die Mutter machten sich zum Aufbruch bereit. Eine der anderen Familien hatte eine große Bartrobbe gefangen und rief alle zum Essen vor der Wanderung. Essen vor der Wanderung. Reden vor der Stille. Schauen, ehe die Augen woandershin schauten. Über das weite Land.

Sie kümmerte sich um die Welpen ihrer Hündin. Während die Hündin eingespannt wurde, wickelte sie die Welpen in Häute, legte sie auf den Schlitten und behielt sie im Auge. Sie selbst ging neben dem Schlitten her. So wie die anderen Kinder mit ihren Gefährten neben den anderen Schlitten hergingen.

Die-mit-nur-einem-kleinen-Finger ging nicht darauf ein, wenn sie während der Essenspausen zum Spielen aufgefordert wurde. Sie wußte nicht mehr, wie man spielt, sie kannte die Regeln nicht oder erinnerte sich nicht mehr, wie das Spiel ging.

Einmal nur hatte sie gewonnen, früher, mit der bekannten Folge.

Die Jäger sahen den Steinhaufen als erste. Andächtig schweigend gingen sie in weitem Bogen um das Grab herum. Die-mit-nur-einem-kleinen-Finger entsann sich der Augenhöhlen. Eine Angst, die zu leben schien, umklammerte mit hundert Armen ihre glühende Lunge. Mit einem Aufschrei fiel sie in ein dunkles Loch. Die-mit-nur-einem-kleinen-Finger entging mit knapper Not den würgenden Haaren der Mutter des Meeres. Als sie die Augen wieder aufschlug, sah sie die Haare ihrer Mutter.

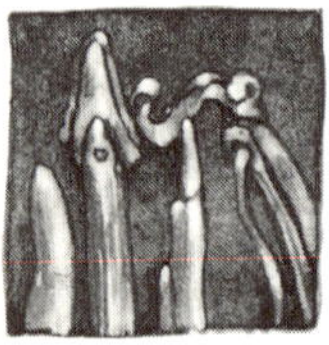

Schließlich überbrachte die Mutter den Männern die Botschaft des Kindes: »Sie sieht eine große Karibuherde kommen. Hierher, an diese Stelle.«

Voll Ehrfurcht machten sich die Männer zur Jagd bereit. Sie schärften ihre Pfeile, spannten die Bögen und setzten ihre Hoffnung auf den Wahnsinn des seltsamen Kindes. Rings um das Lager errichtete der Vater einen Steinwall. Weil man nie wissen kann. Weil die Geister überall und nirgends, aber doch da sind. Weil man die Geister achten muß – und es mußten mächtige Geister sein, wenn sie sein Kind auserkoren hatten.

Die Jäger wählten eine Engstelle und schichteten daneben Steine zu Cairns. Jeder Cairn war ein schwarzer Eismann, leer und unbesiegbar. Die Cairns schienen eiskalt zu warten.

Die Jäger behelligten das Kind nicht, das sich bei dem schwarzen Steinhaufen abseits hielt. Dann und wann sahen sie flüchtig zu ihr hin. Sie stellten ihr keine Fragen.

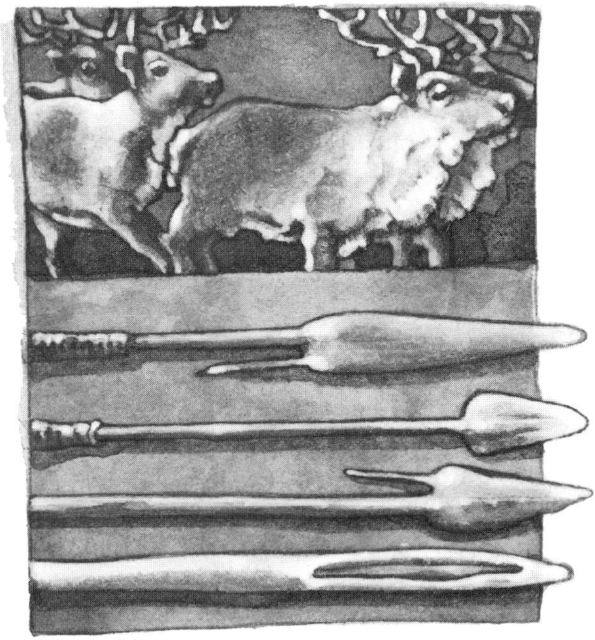

Für kurze Zeit hatte sich Die-mit-nur-einem-kleinen-Finger wieder mit ihrer Mutter verbunden gefühlt. Als sie mit ihr über den Traum sprach, über Worte, die Welten heraufbeschwören können. Die-mit-nur-einem-kleinen-Finger blieb mit der Hündin Arna in der Nähe der Schädelstätte. Sie wollte nicht weichen.

Aus einem Karibugeweih machte sie einen Bogen. Nicht so groß wie die Bögen der Jäger, doch unverkennbar ein Bogen.

Die Hündin hatte die Knochen gewittert. Wild scharrte sie zwischen den Steinen danach. Ein Stein löste sich und gab die Hand eines Skeletts frei.

Die-mit-nur-einem-kleinen-Finger sah die vollkommene Hand eines Jägers, noch mit allen Fingern daran. Die Knochen waren ausgeblichen. Sie verglich ihre eigene Hand mit der Skeletthand und nahm sich die Fingerknöchel, die ihr fehlten.

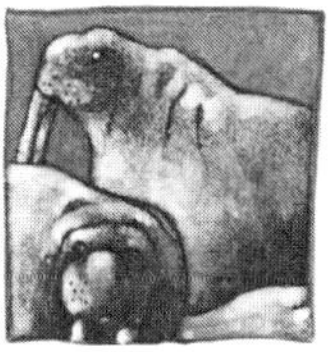

Arna witterte die Herde zuerst. Sie jaulte und heulte und alarmierte die anderen Hunde. Auch sie witterten nun die heranstürmenden Geister in der Ferne. Das erste, was die Jäger sahen, war eine riesige Staubwolke, die sich auf sie zuwälzte.

Die Jäger gaben den Hunden Befehle. Sie selbst stellten sich hinter die beiden Reihen der Männersteine, um von dort aus die Karibus in die Enge zu treiben. Die von der Herde getrennten Tiere würden sie mit ihren Pfeilen erlegen. Jeder Pfeil würde ein Tier treffen, sie würden keinen einzigen verlieren.

Die Frauen und Kinder verschanzten sich hinter dem Wall, im Schatten der Schädelstätte. An die Erde gedrückt, spürten die Kinder das Dröhnen der vielen Hufe als Zittern in ihrem Bauch. Es war wie ein Schneesturm, nur waren Erde und Staubwolken grau, und es klang wie der Donnergeist.

Die Männer in ihrem Hinterhalt fühlten heiße Mordlust in sich aufsteigen. Sie wurden wild wie das Wild, sie wurden Jäger auf der Jagd. Fleisch gegen Fleisch.

Die Jagd war reich an Tieren. Die-mit-nur-einem-kleinen-Finger blickte auf ihren Traum zurück. Die Fingerknöchel baumelten an einer Lederschnur auf ihrer Brust. Was sie im Traum nicht vermocht hatte, konnte sie jetzt: riechen. Die Karibus zerfielen in Gerüche. Sie nahm den Geruch von Blut wahr, fade und süßlich. Den Geruch reißender Haut. Den scharfen Geruch von Eingeweiden. Den schalen Geruch von Schleim. Den ranzigen Geruch von Fett. Den stechenden Geruch von Schweiß. Den Geruch von Kraft. Den Geruch des Todes.

Die Familien machten ein einziges großes Feuer und warfen die Mägen der Karibus hinein. Sie schnitten sie auf und aßen das graugrüne Moos. Sie schlürften das lauwarme Mark aus den hohlen Knochen. Die-mit-nur-einem-kleinen-Finger aß nicht. Sie konnte die Gerüche schmecken.

Später, als Jäger und Frauen beieinanderlagen, nahm Die-mit-nur-einem-kleinen-Finger neue Gerüche wahr. Den Geruch des Rüden und der Hündin, den versengenden Geruch bei Imenak, vor langer Zeit. Den Geruch ihres Vaters und ihrer Mutter, vor gar nicht so langer Zeit.

Dieser Geruch schmeckte nach Schmerz und Kraft und einer schalen Lust. Der wahnsinnige Geruch von Fäulnis und Tod und Geburt.

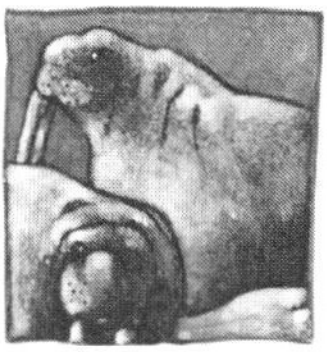

Die Kinder spielten Familie. Auch sie nahmen an dem fruchtbaren Nahrungsfest teil. Sie ahmten die Erwachsenen nach. Sie spielten Mann und Frau, wie Kinder es zu tun pflegen. Die-mit-nur-einem-kleinen-Finger bettete ihren Kopf auf den Rücken der Hündin mit den Jungen, weit von dem Fest entfernt. Einer der Jäger fand sie dort. Die-mit-nur-einem-kleinen-Finger hatte ihn gerochen, ehe sie ihn sah. Der Geruch von Schweiß, sein Schleim, vermischt mit dem der Frauen, der Gestank der toten Karibus, der ihm anhaftete.

Der Mann sah nur das Kind, eine Hündin in seinen Augen. Er sah nicht die Träumerin. Er packte sie bei dem Fell, das sie trug, und zog sie hoch. Er schob die Robbenhaut beiseite. Die-mit-nur-einem-kleinen-Finger war nackt und ihm ausgeliefert. Sie fühlte sich wie Arna mit den rosa Zitzen. Der Mann war nackt, sein Glied aufgerichtet. Er keuchte. Die-mit-nur-einem-kleinen-Finger wurde hart und rot. Ihr Gespinst schloß sich mit glatten, flachen Steinen in ihrem Bauch. Sie sah die schwarzen, anderen Augen und die heiße Glut darin. Der Atem des Mannes stank.

Arna knurrte. Die-mit-nur-einem-kleinen-Finger wurde auf die Knie gezwungen, sein Gewicht auf ihr. Hart wie der Stein darunter waren ihre Knie. Hart wie Stein ihre Beine und Arme, als sie den Boden berührten. Die Fingerknöchel zitterten auf ihrer Haut.

Da ertönte laut die Stimme der Mutter: »Sie hat noch kein Blut.«

Der Mann erstarrte. Hinter ihm stand sie und um sie herum die anderen Jäger. Der Mann lief davon wie ein Hund, mit eingezogenem Schwanz.

Arna schaute ihm lange nach und legte dann den Kopf auf die Pfoten.

Es dauerte lange, bis die Härte wich und Die-mit-nur-einem-kleinen-Finger schlafen konnte.

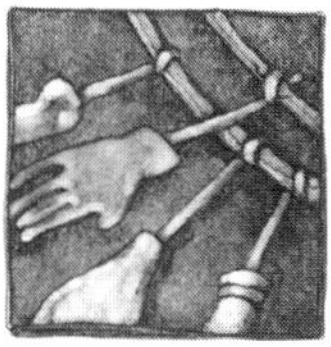

Das Fleisch der Karibus wurde zum Trocknen zerteilt. Die-mit-nur-einem-kleinen-Finger schwieg, als das Fleisch trocknete. Sie schwieg, als die Streifen Trockenfleisch aufgefädelt wurden. Sie schwieg, als sie den Mann von der Schädelstätte sah. Sie schaute ihn an, und in ihren Augen brannten Worte, eine Glut. Schmerz war nicht da. Der Mann spürte den Blick und zitterte. Er hatte Angst. Sie hatte ihn berührt. Er hätte wissen müssen, daß Die-mit-nur-einem-kleinen-Finger ein Tabukind war. Er hatte tödliche Angst.

Aus dem Geweih eines Karibuhirschs, den sie selbst ausgewählt hatte, schnitzte sie eine Figur. Erst den Kopf, dann die Arme. Schicht um Schicht schabte sie den Knochen ab, jeder Zug ihres Messers langsam und hart. Zum Schluß schnitzte sie das aufgerichtete Glied, grotesk und ausgesetzt. Dann war der Tupilak, das Amulett, fertig.

Einmal ertappte ihre Mutter sie mit dem Tupilak. Sie bat das Kind, die Worte nicht auszusprechen. Nicht im Beisein anderer. Von diesem Tag an spielte die Mutter das Fadenspiel nicht mehr.

Die-mit-nur-einem-kleinen-Finger wurde geachtet und gefürchtet. Die Kinder der anderen Familien mieden sie. Auch war ständig der Wolfshund bei ihr.

Als das Karibufleisch gelagert war, folgten die Familien der breiten Spur, fast bis zu den Geburtsgründen der riesigen Herde. Auf ihrem Weg würde die Herde Flüsse durchqueren. An den Flüssen wollten die Familien ihr nächstes Lager aufschlagen und auf die Rückkehr der Karibus warten. Unterdessen würden sie fischen und noch mehr Vorräte für den Winter anlegen, für sich und die Hunde.

Noch mehr Familien kamen zu der Stelle, wo die Karibuherde das Wasser durchqueren würde.

Fische gab es zuhauf. Lachsschwärme sammelten sich hinter den Dämmen, die die Männer errichtet hatten. Geschlafen wurde nicht unter der immer scheinenden Schwestersonne, nur nach dem Essen. Danach begann wieder das Fischen. Die Kinder legten die Fische zum Trocknen auf die weite Fläche. Sie schirmten sie gegen die raubgierigen Mäuler der Hunde ab.

Die-mit-nur-einem-kleinen-Finger sah die klaffenden Wunden, blutrot.

Eine weite Fläche aus fleischigen Wunden.

Der Mann von der Schädelstätte verlor langsam, aber sicher den Verstand. Er sah nebelhafte Geister in den Wolken auftauchen. Über den springenden Fischen hinter den Dämmen sah er den Urgeist des Raben mit den zupackenden Krallen. Er hörte das Kreischen der Möwe, und das Geräusch schnitt ihm in die Ohren. Er sah den Schwarm Krähen in der Luft. Ihm wurde schwarz vor Augen. Sie stießen auf ihn herab und rissen ihm die Augen aus den Höhlen. In Armen und Beinen spürte er die scharfen Zähne der Wolfsmäuler. Das schwarze Ungeheuer würde ihn berühren. Und wenn das schwarze Ungeheuer ihn berührte, würde er selbst schwarz werden und sterben. Die Reißzähne Nanuks, des Bären, zerrten ihm die Gedärme aus dem Bauch. Er stand dem stummen Fluch, den das Tabukind über ihn verhängt hatte, machtlos gegenüber.

Die-mit-nur-einem-kleinen-Finger gab den Tupilak, den sie aus dem Geweih des Karibuhirschs geschnitzt hatte, der Hündin und kümmerte sich nicht mehr um ihn. Arna kaute darauf herum. Das aufgerichtete Glied brach ab.

Der Mann wurde wahnsinnig.

»Der Mondmann«, zischte das Kind der Mutter zu.

»Ja, der Mondmann. So sei es«, nickte die Mutter. Sie verbarg ihren Blick vor den anderen. Der Mondmann, der allgegenwärtige unnachsichtigste der Geister, hatte gestraft und sich genommen, was ihm gehörte.

Niemand half dem Mann, denn alle hatten Angst vor den mächtigeren Geistern, die von ihm Besitz ergriffen hatten. In einen Kampf zwischen Geistern und einem Menschen griff man nicht ein. Zumal wenn dieser Geist der Mondmann war.

Der Mondmann nahm den Körper in Besitz, der einst dem Jäger ohne Seele gehört hatte. Dann wütete Anonek, der Geist des Sturms, in ihm. Sein Atem kämpfte einen aussichtslosen Kampf in seinem Leib. Der Mann schnitt sich den eigenen entseelten Körper auf. Das Bündel Därme glitt heraus, durch seine Hände. Er legte sich die Därme um den Hals und brüllte seinen letzten Atemzug aus. Niemand wagte noch, seinen Namen zu nennen.

Wenn jemand sie ansah, reagierte Die-mit-nur-einem-kleinen-Finger nicht. Ihr Blick war in die Ferne gerichtet. Ein Lächeln lag um ihren Mund.

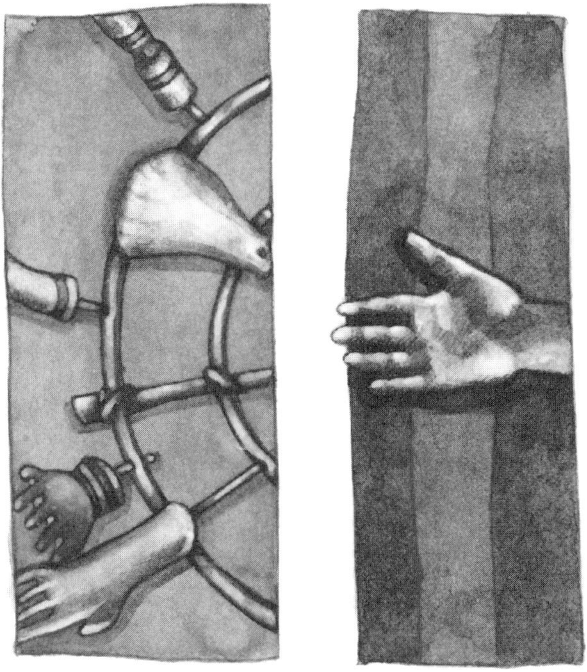

Noch viele Schlafzeiten lang erfüllte der Geruch der Eingeweide die Nacht.

Die-mit-nur-einem-kleinen-Finger war kein Kind mehr. Sie hatte nie richtig gelacht. Und jetzt biß sie die Zähne aufeinander. Jeder begriff, daß sie nie Kind gewesen war. Lag das daran, daß sie nie einen Namen bekommen hatte, weil sie verschiedene Geister und deren Atem besaß?

Mit unendlicher Geduld arbeitete sie an dem Bogen weiter, den sie begonnen hatte, ehe sie den tödlichen Tupilak geschnitzt hatte. Sie arbeitete, bis der Bogen glatt wie die Fingerknöchel an ihrem Hals durch ihre Hände glitt.

Der Bogen wählte ein Ziel. Wo Menschen und Kadaver waren, strichen Wölfe und Füchse umher. Die-mit-nur-einem-kleinen-Finger konnte sie riechen, ohne sie zu sehen. Geduldig paßte sie den richtigen Moment ab. Sie vertraute auf den Instinkt, der sie trieb, auf den scharfen Haß, der ihre Willenskraft wie eine Pfeilspitze schärfte. Sie wartete, bis die Familien schliefen, in den Hundestunden, wenn die Schwestersonne am tiefsten über dem Horizont steht. Sie witterte den Wolf. Er war allein, ein Einzelgänger. Auch Arna witterte ihn. Doch dieser Wolf gehörte ihr. Sie band Arna mit einer Leine unter den Steinen fest.

»Er gehört mir«, sagt sie. »Es muß so sein.«

Sie hatte niemals Angst, Die-mit-nur-einem-kleinen-Finger. Nicht mehr, seit sie der Großen Mutter direkt in die Augen gesehen und die Kraft dieses Blicks in sich aufgenommen hatte.

Es gab wenige Orte, wo der Wolf sich verstekken konnte. Dieser Wolf kannte einsame Stellen, an denen niemand ihn finden würde. Nur sie. Das Ziel ihres Pfeils mußte ein Wolfsrüde sein. Sie durfte ihn nicht verschonen. Eine männliche Seele für eine männliche Seele. So wollte es die Große Mutter.

Sie ging vom Lager fort, dorthin, wo unter den Steinen die Fischvorräte aufbewahrt wurden. An diesen Ort würden ihn seine Gier und seine Nase führen. Sie witterte ihn. Ein Rüde, zweifellos. Bestimmt hatte er den Schwanz aufgestellt, um die Hunde abzuschrecken. Sie konnte er nicht abschrecken. Als sie ihn entdeckte, bewunderte sie seine Schläue. Flach am Boden lag er in seinem Versteck und ließ sie näher kommen. Im schwachen Zwielicht leuchteten seine gelben Augen wie glühende Steine. Du oder ich, dachte Die-mit-nur-einem-kleinen-Finger. Um den Wolf nicht mißtrauisch zu machen, verbarg sie ihre Absicht. Sie schöpfte Entschlossenheit aus ihrem Haß. Er konnte sie nicht wittern. Ein Prachtexemplar, fast so weiß wie Arna, ihre Hündin. Er war ihr ebenbürtig.

Als sie nahe genug war, um zu zielen, spannte sie quälend langsam die Sehne mit dem Pfeil, den sie für ihn gewählt hatte. Der Wolf kroch rückwärts, ohne sie aus den Augen zu lassen. Er fletschte seine messerscharfen Zähne. Sein ganzer Körper war jetzt zur Flucht bereit. Ein Zögern, und es würde zu spät sein.

Der Pfeil traf das Tier zwischen die Augen. Sterbend sahen die leuchtenden Augen sie an, bis die Glut erlosch. Ein letztes Zucken ging durch den vollkommenen Körper. In der Ferne heulte Arna, lange und hoch. Die-mit-nur-einem-kleinen-Finger zitterte am ganzen Leib. Es war vollbracht. Ihr Haß schmolz in der aufgehenden Sonne.

Sie zog den Pfeil aus dem Schädel, beugte sich über den warmen Leib und löste mit ihrem Ulu das Fell ab. Das Fleisch ließ sie für andere Raubtiere zurück. Es war ihre Beute, und sie gab, wem sie geben wollte. Das Fell des Wolfes mit den gelben Augen hängte sie beim Zelt ihrer Mutter auf, damit diese es fand und wußte, daß ihr Kind ihr ein Opfer gebracht hatte. Dann legte Die-mit-nur-einem-kleinen-Finger sich bei Arna, ihrer Hündin, schlafen, in einer Nacht, die keine Nacht war.

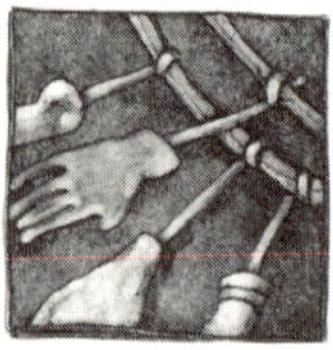

In dieser Nacht, die keine Nacht war, ging Die-mit-nur-einem-kleinen-Finger in einem Traum auf Reisen. Sie hatte einen Penis, aufgerichtet zu dem Wild hin, das sie vor sich hertrieb. Eine unbekannte Lust verlieh ihr Flügel, und sie folgte unermüdlich und rhythmisch wogend den Bewegungen des Wildes. Die Karibus flohen vor ihr, dorthin, wo sie es wollte. Beim Fliegen überblickte sie die Gegend und trieb die Herde ruhig, aber gebieterisch auf einen Punkt zu. Dann ging sie nieder und schoß ihre Pfeile ab. Sie und die anderen Jäger zwangen das verzweifelte Wild in die Knie. Die Mutter schaute zu und stand bereit. Und mit ihrem Ulu tötete sie das Wild, das sie hinsinken sah, Tier um Tier. »So sei es«, sagte sie jedesmal bedauernd, ehe sie das Messer in den pulsierenden Hals des Tieres dringen ließ. Das Blut floß aus dem scharfen Schnitt und wurde in Häuten aufgefangen. Es war die Nacht, in der Die-mit-nur-einem-kleinen-Finger in ihrem Traum und in der Welt ihr eigenes Blut fließen ließ.

Die-mit-nur-einem-kleinen-Finger blutete. Ihr Blut bezeugte endlich, daß sie ein Mensch war, ein Mädchen. Und es war ihr Opfer für die vielen Tiere, die noch folgen sollten. Magische Worte gebrauchte sie nicht mehr.

Die-mit-nur-einem-kleinen-Finger malte auf die harte Erde. Den Fluß malte sie und die Stelle, an der die Karibus ihn durchqueren würden.

»Gut«, nickte ihre Mutter.

»Gut«, nickte der Vater.

Das Sommerlager rückte zum nächsten Fluß vor. Arna schwamm im klaren Wasser, und ihre Welpen prusteten vor Kälte.

Noch mehr Clans schlossen sich ihnen an. Man tuschelte über sie. Der neu entstandene Clan blieb aus Ehrfurcht zusammen. Die-mit-nur-einem-kleinen-Finger galt als ihre Schamanin.

Einer der Neuen war Lukak, der Mann mit den braungelben Augen. Seine Frau trug sein drittes Kind. Er atmete den Geruch des Blutes ein, ihres Blutes. Der Geruch erregte ihn. Er und Die-mit-nur-einem-kleinen-Finger teilten einen Traum. Der Traum spielte sich in einer anderen Welt ab und ging so: Die-mit-nur-einem-kleinen-Finger lag unter den Schlaffellen und schlief. Oder schlief nicht. Sie ging zu Lukaks Zelt, und im selben Moment kam Lukak heraus. Das Licht war gierig, während die anderen schliefen, zu denen niemand kam, die kurze Zeit ohne Leben waren. In dieser Welt sah Die-mit-nur-einem-kleinen-Finger Lukak an. Schmerz und Unruhe durchströmten sie, während sie mit dem Finger über seine entblößte Brust strich. Mit dem Finger, den sie nicht hatte.

Lukak spürte am ganzen Körper, was nicht da war, und ging auf den Mangel ein, der auch seiner war. Die-mit-nur-einem-kleinen-Finger berührte ihn, dort, wo er glaubte, alles Gefühl verloren zu haben. Dort, wo Schmerz brannte, wo aber kein Schmerz sein konnte.

Die-mit-nur-einem-kleinen-Finger sank auf die Knie. Sie schnupperte an dem Mann, so wie sie die Hunde an ihrem Wolf hatte schnuppern sehen. Doch jetzt verstand sie den Blick der Hündin. Der Geruch und das Pulsieren ihres Blutes, auch in dem nichtvorhandenen Finger, waren stärker als sie. Lukak spann Fäden um sie. Sie sog an seiner Nase, leckte sein Ohr. Er schnupperte in den Höhlungen ihrer Arme und Beine und öffnete ihr Becken.

Sie schrie und wachte auf, unbarmherzig war sie in das Zelt, zu den Fellen und dem Schweiß, der auf ihrer Haut perlte, zurückgesogen worden.

Ihre Mutter erkannte die Lust des Traumes an ihrem Atmen. Einen Moment lang spürte sie Lust in ihrem eigenen Körper, dort, wo sie ihr Kind gehegt hatte. Bewegt drehte sie sich um und schlief wieder ein.

In dem anderen Zelt stöhnte Lukak und spürte, wie sich die Luft mit der Wärme seines Körpers mischte. Er kühlte ab und schrumpfte, und es dauerte lange, bis er die Wesen losließ, die sich in den Fellen gesammelt hatten.

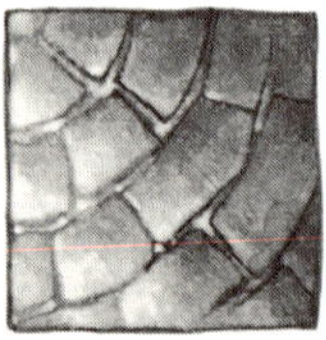

Stillschweigend erlebten Die-mit-nur-einem-kleinen-Finger und Lukak kurz darauf in der Wirklichkeit den Traum, den sie geteilt hatten. Lukak begehrte die Frau aus seinem Traum mehr, als er sie fürchtete. Er dachte nicht an Angst. Er schnupperte in den Höhlungen ihrer Arme und Beine und öffnete ihr Becken. Die-mit-nur-einem-kleinen-Finger verbiß sich ihre letzte Träne und tauchte tief hinab zur Mutter aller Lebewesen zwischen dem Schleim und dem Naß, während Lukak sich, ohne es zu wissen, rettete und in die Welt der Jagd zurückkehrte: Er schnitt, und das Blut floß. Die-mit-nur-einem-kleinen-Finger sog den Atem in ihren Körper, trieb wie eine Ertrinkende auf einer endlosen Fläche voll Licht und öffnete die Augen.

Sie wußte, daß sie schwanger war.

Die Ewige Mutter unter der Erde hatte das Opfer ihres Blutes angenommen und Leben zurückgegeben. Wenn auch erst nach vier Jahreszeiten, so vielen, wie sie Finger an ihrer einen Hand hatte.

Die-mit-nur-einem-kleinen-Finger trat vor ihre Mutter.

»Ein Körper ist in diesem Körper. Dieses Kind trägt einen Fötus.«

Dem Vater stockte der Atem.

»Welcher Jäger schafft Nahrung für dieses Kind herbei?« fragte er. Ihr Vater, der stets für sie und ihre Mutter auf die Jagd ging, wollte wissen, welcher Jäger bei seiner Tochter gelegen hatte.

»Ein Körper ist in meinem Körper«, sagte Die-mit-nur-einem-kleinen-Finger scharf. Mehr wollte sie nicht sagen.

»Ajornarmat«, sagte der Vater ergeben. Er sah sie an und fürchtete am meisten die Frau in seinem Kind. Die Mutter wandte sich wieder ihrer Arbeit zu und blickte nicht mehr auf.

Nach der einen Nacht mit Lukak teilte Die-mit-nur-einem-kleinen-Finger die Begierde des Mannes nicht mehr. Auch Lukak hatte unterdessen die Geschichte von dem wahnsinnig gewordenen Jäger an der Schädelstätte gehört. Die-mit-nur-einem-kleinen-Finger kam nur noch in seinen Träumen zu ihm. Lukak fürchtete, sie würde auch ihn wahnsinnig machen, und wünschte, er könnte sie aus sich weglöschen. Wenn er sie im Traum sah, glich sie der Rachegöttin Nuliajuk unter dem Wasser. Mit Algen und Tang im Haar wartete sie darauf, daß er kam und sie kämmte. Dann schlürfte sie seine Seele aus, und er blieb wahnsinnig zurück. Wenn er erwachte, schrie er wie ein Ertrinkender, der nach Luft schnappt und Wasser erbricht. Lukaks Frau wußte, daß Die-mit-nur-einem-kleinen-Finger ihren Jäger berührt hatte. Sie hatte ihn angerührt. Nun haßte Lukak sich selbst und die Lust, die ihn trieb. Er durfte das Tabu nicht noch einmal brechen, sonst würde sie ihm immer wieder im Traum erscheinen. Oder hatte er Nuliajuks Rache unwiderruflich geweckt?

Die Schwere in seinem Kopf ließ nach, als er merkte, daß Die-mit-nur-einem-kleinen-Finger ihn nicht mehr beachtete. So gab sie ihm zu verstehen: Dies ist kein Verrat, dies ist, wie es sein muß. Der Jäger Lukak begriff und genas.

Niemand stellte Fragen zu dem schwellenden Bauch, den Die-mit-nur-einem-kleinen-Finger schweigend mit sich herumtrug. Alle achteten sie. Man nannte sie nicht mehr Die-mit-nur-einem-kleinen-Finger, sondern Anana, was »Mutter« bedeutet.

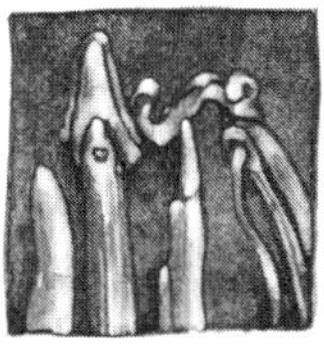

Der Fötus in Ananas Leib lebte intensiv, ohne es zu wissen. In seinem Kokon schaukelte er auf den Wellen des Lebens. Der Fötus spürte die Hitze des Mutterleibes und lernte nach und nach die Materie um sich herum kennen. Er war von der tiefen Ruhe des lebenden Muttermeeres umgeben und wußte von nichts. Er rollte sich ein, bis er vollkommen war, und sog mit der Nahrung das endlose Gespinst der Muttermaterie ein. Gierig und ohne es zu wissen, daß eine Fläche kommt, die schneidet. Eine weiße Fläche, die den Fötus abschneidet und in das Gespinst auf ihr eindringt. Gierig und ohne jedes Wissen war er eins mit Anana.

Anana wußte sich geborgen, sich und das andere in ihr.

»Es ist Zeit, den Umiak zu bauen«, sagt sie zu ihrer Mutter.

Sie trugen die Häute zum Auftauen am Körper und ließen sie trocknen.

Der Vater bog die Rippen für das Boot. Er lehrte Anana Knoten knüpfen und die letzten Keile schlagen.

»Kein Mann kann Scham ertragen«, sagt er scharf.

»Scham verdirbt einem Jäger den Appetit«, sagte Anana.

»Ajornarmat.« Ihr Vater gab auf.

Die Mutter summte das Lied an die Meeresgöttin. »Wirf uns gesunde Junge zu, unerbittliche Frau des Meeres.«

Die Mutter kaute die Ränder der Häute weich, und Anana nähte sie wasserdicht zusammen. Die Häute mußten genau auf den Rahmen des Kanus passen.

Das Essensritual unterbrach das Kauen und Nähen. Und der Schlaf. Im Nähen und Kauen von Mutter und Tochter wiederholte sich das stumme Fadenspiel, das sie früher gespielt hatten. Bis ein neues Gespinst erschien, scheu wie das Erdeichhörnchen in der ersten Tausonne. Um Anana lag ein Nebelschleier, in den sie sich zurückzog. Sie sah Spiegelungen wie an einem warmen Sommertag, Spiegelungen, die eine verzerrte Welt über die Welt legen. Bis die zwei Welten sich decken. Anana besaß die Kraft der Schamanen.

»Anangaip, Lukaks Frau, wartet auf ihren Mann. Hat er die Bartrobbe gefangen?« fragte die

Mutter zögernd und durchbrach so den Nebelschleier.

»Sag ihr, sie muß nicht warten. Lukak ist ein großer Jäger. Er kommt mit Beute zurück. Anangaip kommt die Blutsuppe holen. Gib ihr Fleisch für die Kinder mit«, antwortete Anana.

Anangaip kam die Blutsuppe holen und begann von Lukak zu sprechen.

»Es ist genug zu essen da, bis er zurückkommt. Hier sind Fleischstücke für die Tage seiner Abwesenheit«, wiederholte die Mutter, was Anana vorhergesagt hatte.

Zwei Tage später kehrte Lukak mit zwei Bartrobben zurück.

Nach Anangaip kam Iduna. Ein böser Geist suchte ihr Kind heim, es hatte Fieber. Anana trug ihrer Mutter auf, Iduna zu sagen, sie solle geschmolzenes Meereis in die Nase des Kindes speien. Das Kind genas.

Auf Iduna folgten andere Frauen. Die Mutter sagte Anana zuvor, in welcher Lage sie sich befanden. Sie wußte alles über den Clan. Der Vater brachte mehr Beute mit, für die Gäste, die Anana über ihre Mutter um Rat fragten.

Ananas Vater stand bei den anderen Jägern wieder in Ansehen. Das gehörte sich so. Seine Tochter besaß die Kraft der Schamanen. Sie lockte die Tiere zu den mutigsten Jägern. Die Jäger kehrten mit reicher Beute zurück, genug, um alle Münder länger als einen Winter zu stopfen. Dennoch hatte der Vater Angst, Angst vor ihr und der Kraft in ihr.

»Hier wohnt eine Schamanin. Sie spricht mit den Geistern. Sie spricht mit Nuliajuk«, raunte man im Lager. Ajornarmat, so sei es.

Nuliajuk, die Große Mutter, streute ihre Tiere freigebig über die Eisfläche.

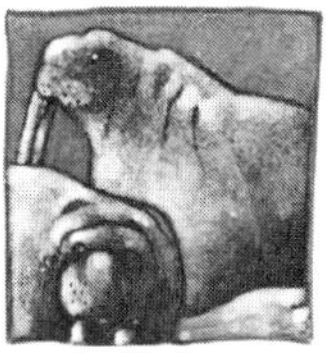

Geschichten zittern durch die Erde, so wie das Eis im Wasser knarrt. Geschichten erreichen die Menschen ohne Worte. Empfindsame Ohren finden ihren Weg zu der Geschichte.

So kam ein Erzählerschamane in das Lager, um einen Winter lang zu bleiben. Die Jäger erzählten ihm die Geschichte von den schwarzen Steinen und den Schädeln. Und die Geschichte von Der-mit-nur-einem-kleinen-Finger, Anana, der Schwangeren.

Kakiwak, der Erzähler, war zu Gast beim bedeutendsten Jäger des Lagers. Er war zu Gast im Iglu von Ananas Vater. Alsbald begehrte er die Schwangere. Und er begehrte seine größte Angst: Nuliajuk, die Mächtige.

Anana war für ihn die Schönste, die Geheimnisvollste. Ihre dunklen Augen waren fließende Tiefen. Ihre Haut schimmerte wie Elfenbein. Sie hatte stolz aufgerichtete Vollmondbrüste. Und sie teilte das Leben der Jungen und Mädchen im Iglu nicht. Sie blieb für sich, unberührbar, ein Standbild.

Anana witterte in dem Erzähler Amarok, den Wolf. Mit der verstümmelten Hand streichelte sie ihren glatten Bogen. Sie liebkoste das Fell des Wolfes, der ihren Haß gebrochen hatte. Kakiwak sah die aufreizende, grausame Gebärde und wünschte, diese Hand möge nie sein Gesicht berühren. Er hatte Angst, und sein Begehren wurde unerträglich. Aus sicherer Entfernung verfolgte er Ananas Tage und blieb in ihrer Nähe. Er warf verstohlene Blicke auf ihr Tun, besonders dann, wenn sie mit Worten wahrsagte.

In den Wintermonaten, als der Mondmann triumphierte, war es dunkel. Ohne Licht konnte niemand die Wahrheit sehen, und die Wahrheit wurde in Geschichten erzählt, die eine alte Welt wachriefen. Eine Welt, in der Mensch und Tier noch miteinander reden konnten. Eine Welt aus der Zeit vor den großen Tabus. Der Erzählerschamane erzählte in dem großen Iglu, in dem die Jäger, ihre Frauen und ihre Kinder beieinandersaßen, um in der alten Welt das Dunkel draußen zu vergessen. Die Kinder spielten auf dem Boden. Die erwachsenen Männer trugen in rohen Kraftproben ihre Fehden aus. Hinterher wurde gelacht, und die schmerzenden Prellungen ließen den Streit vergessen.

Kakiwak saß in der Mitte des Iglus, in den Händen die Trommel. Alle waren da, niemand wollte

die dunkle Zeit allein in seiner Schneehütte verbringen.

Kakiwak sah sie und nannte sie bei ihren Namen, während er die Trommel mit der Haut der Bartrobbe schlug. Die dumpfen Schläge klangen wie die Namen der Menschen in der Schneehütte. Die Namen der großen Jäger, die Namen von Idlout und Lukak, von Ananas Vater, die Namen der Frauen und die Namen der Kinder. Den Neugeborenen ohne Namen gab er Namen, die ihnen gebührten, auf daß sie Inuk würden. Kakiwaks Trommeln machte die Menschen im Iglu ruhig. Tief drang es in ihre Körper ein. Sie wiegten sich in Trance mit. Kakiwak bespielte die Geister wie ein einziges großes Gespinst. Anana erkannte das Gespinst und verschloß sich davor. Sie wußte, was kommen würde.

Magie hing in der Schneehütte. Kakiwaks Worte hallten:

»Zu der Zeit, als der Inuk und die Tiere noch dieselbe Sprache sprachen, lebte auf einer Insel ein Mann. Anguta war ein großer Jäger und ein starker Fischer. Nach dem Tod seiner Frau vergötterte er seine einzige Tochter, die so schön war wie seine Frau. Er versorgte sie mit der besten Nahrung des Landes und des Meeres. Nuliajuk, die Tochter, wuchs zu einer stolzen, unbeschreiblichen Schön-

heit heran. Schließlich wurde der Vater alt und fürchtete um sein Leben. Er suchte einen jüngeren Mann für seine Tochter, der für ihn und sie jagen und fischen würde. Er brachte viele Jäger in sein Haus, um sie Nuliajuk vorzustellen. Nuliajuk betrachtete ihr Spiegelbild im Wasser, kämmte ihr Haar und wies die Geschenke und die Männer, die daran hingen, zurück. Jedesmal, jeden Mann von neuem. Einige Mannhunde begehrten sie wie eine Hündin. Sie stieß sie von sich. Andere dürsteten nach ihren Schenkeln und heulten wie Wölfe. Sie beachtete sie nicht. Niemand war gut genug für Nuliajuk. Anguta, ihr Vater, wußte sich keinen Rat mehr.

›Wir haben nichts zu essen, Nuliajuk, und wir werden verhungern. Ein Jäger wird gebraucht, der uns versorgt. Der nächste Jäger, der kommt, wird der Mann sein, den du heiratest.‹

Nicht lange nach Angutas Worten kam ein fremder Jäger mit seinem Kajak zu der Insel. Er unternahm keinerlei Versuch, an Land zu gehen, doch selbst auf die Entfernung machte er einen gewaltigen Eindruck. Er trug die dicksten Felle, schien auf der Höhe seines Glücks, war muskulös und gut aussehend, und auf seinen Kajak war ein Speer aus reinem Elfenbein gebunden. Das Seltsamste an ihm war der dunkle Schleier, der seine Augen denen der anderen entzog. Hätten Nuliajuk und

Anguta genau hingesehen, hätten sie den stolzesten der Sturmvögel erkannt.

Er begann zu singen. Anfangs ruhig und eintönig, dann dringlicher. Er wob ein Lied aus Versprechen, aus Liebe und Verführung. Das Lied betörte Nuliajuk. Der Mann betörte Nuliajuk. Daß der Vogelmann über die Insel hinweggeflogen war, sie gesehen und beschlossen hatte, sie zu der Seinen zu machen, wußte sie nicht. Einen Moment lang beschlich ihren Vater Argwohn, aber er konnte und wollte Nuliajuk nicht zurückhalten. Nuliajuk ließ sich von dem Lied anlocken, stieg in den Kajak und träumte von dem Reichtum, den der geheimnisvolle Mann ihr versprach.

Komm mit mir, Tochter,
folge mir in mein Haus auf meiner Insel.
Du wirst auf weichen Bärenfellen schlafen
und nur die feinsten Speisen kosten.
Komm mit mir, Schönheit,
zu meiner Insel.

Er fuhr mit ihr zur Insel der Sturmvögel. Ein Schwarm Sturmvögel hieß seinen Helden mit lautem Kreischen willkommen. Er legte an der Insel an und verwandelte sich. Er wurde zu einem Sturmvogel männlichen Geschlechts. Erst graute Nuliajuk vor ihm, doch dann nahm er sie unter seine Fittiche und brachte sie in sein Nest. Dort schlug er seine dunklen Augen auf, sah sie an und sang sein betörendes Lied. Nuliajuk ließ sich mitreißen, bis das Lied verstummte. Dann sah sie das Nest, in dem sie gelandet war. Sie sah keine Bärenfelle, keine herrlichen Speisen. Sie sah Fischgräten und faulende Flossenstücke. Es war kalt, und der Gestank war unerträglich. Trotz ihrer Not verharrte Nuliajuk in dem Gespinst, das der Vogelmann mit seinem Charme gewoben hatte. Sie wähnte ihn vollkommen. Bis er eines Tages, als er seine Frau schlafend glaubte, den schwarzen Schleier vor seinen Augen entfernte und seine wahren Augen zeigte. Nuliajuk wich verstört zurück, und als er als Raubvogel über dem Meer kreiste, vernahm er zum ersten Mal ihre Schreckensschreie. Nuliajuk erkannte, welches Schicksal sie ereilt hatte.

Sie sang ein Lied und rief nach ihrem Vater. Anfangs ruhig und eintönig, dann dringlicher sang sie für ihren Vater. Der hörte das Lied in der Ferne anschwellen. Gebrochenen Herzens fuhr er mit seinem Kajak zur Insel der Sturmvögel. Unter dem Felsen mit dem Nest vernahm er Nuliajuks Lied und ihre Schreie.

Nuliajuk sprang aus dem Nest und tauchte ins Wasser. Ihr Vater fischte sie auf, zog sie ins Boot und paddelte, so schnell er konnte. Bald aber warf der Sturmvogel seinen scharfen Blick auf die beiden. Er stieß hinab und flehte Nuliajuk an, bei ihm zu bleiben. Sein dringlichstes Lied sang er, um sie in seinem Gespinst zu halten. Es brach Nuliajuk das Herz, doch sie wollte nicht bleiben. Da rief er die anderen Sturmvögel zu Hilfe. Gemeinsam entfesselten sie einen Sturm, wie ihn der Himmel und das Meer noch nie gesehen hatten. Das Wasser schäumte über Anguta und Nuliajuk hinweg. Wind, Regen und Hagel suchten die kleinen Menschen in ihrem Kajak heim.

Der Vater bekam Angst, tödliche Angst. Er bangte um sein Leben und wollte Nuliajuk dem Vogelmann zurückgeben. Nuliajuk flehte ihren Vater an, sie mitzunehmen, doch er war taub vor Angst. Er fürchtete, das dunkle Wasser könnte ihn verschlingen. Er rief dem Vogelmann zu: ›Hier, hier hast du meine Tochter wieder, hol sie dir!‹ Und er stieß Nuliajuk über Bord. Der wilde Sturmvögel hörte ihn nicht, sah aber, wie Nuliajuk zu dem Kajak schwamm, um sich zu retten. Sie schrie und prustete, griff mit beiden Händen nach dem Boot und wollte sich an Bord ziehen. Der Vater versuchte sie wegzuschlagen, doch Nuliajuk klammerte sich fest. Da nahm der Vater sein Messer und schnitt ihr die kleinen Finger ab. Nuliajuk ließ los. Die kleinen Finger verwandelten sich in Robben und schwammen davon. Nuliajuk verbiß den

Schmerz und hielt sich mit ihren verstümmelten Händen von neuem am Rand des Kajaks fest. Geblendet von den Sturmvögeln, die ihm die Augen aushacken wollten, schnitt ihr der Vater die Zeigefinger, die Mittelfinger und die Ringfinger ab. Wieder sank Nuliajuk in das eiskalte schwarze Wasser. Die Finger wurden zu Walrossen und schwammen davon. Schließlich griff Nuliajuk mit letzter Kraft in die Luft und nach dem Kajak. Ihr Vater hackte ihr die Daumen ab. Sie fielen ins Wasser und verwandelten sich in Wale. Da sank Nuliajuk auf den Meeresgrund hinab.

Der Mondmann und der Luftgeist sahen sie versinken und verliehen ihr Macht über alle Tiere. Nuliajuk, die Meeresgöttin, durfte frei über ihre Tiere bestimmen.

Ihr Vater entging der Rache des Sturmvogels, doch eines Tages überspülte die Flut seine Insel. Die Wogen ergriffen ihn und rissen ihn in die Tiefe, zu dem Haus aus Walrippen, in dem seine Tochter wohnte. Er sah sie, ohne Finger, und er gab ihr zu essen. Er kämmte ihr Haar, denn sie selbst konnte es nicht mehr. Wie einen Hund ließ sie ihn am Eingang ihres beinernen Walhauses wachen. Und wenn ein Schamane kam und sie um Nahrung anflehen wollte, mußte er erst an dem Hund vorbei. Der Schamane mußte für sie singen und ihr das Haar kämmen. Erst dann schickte Nuliajuk wieder Tiere an die Oberfläche, um die Menschen zu speisen.

Und so wacht Nuliajuk über die nahrungsreichen, kalten, dunklen Tiefen, die wir am meisten fürchten.«

Kakiwak schlug noch immer die Trommel. Das Gespinst blieb unangetastet. Die Menschen im Iglu waren in tiefe Trance versunken. Einzelne Blicke kreuzten sich im Mittelpunkt des Gespinstes. Der Blick von Ananas Vater und ihrer Mutter, von Lukak und Kakiwak. Kakiwak lachte laut. Er hatte nichts zu befürchten, er fühlte sich sicher in der Geschichte. Auch Lukak fühlte sich sicher. Er wußte, daß er die Göttin geehrt hatte. Er würde ein guter Jäger bleiben. Er hatte Nuliajuk wohlgefallen. Und die Götter lassen sich gern verehren.

Der Vater senkte beschämt den Kopf und rückte neben seine Frau. Dort fühlte er sich sicher. Wie auch immer – er hatte alle Tabus respektiert.

Die Dochte in den Lampen wurden gesenkt. Eine brünstige, schwüle Wärme erfüllte den Iglu. Frauen zogen sich aus und zeigten den Männern ihre üppige Nacktheit. Die Schatten verschmolzen miteinander. Auf dem weißen Fell des Schamanen zeichneten sich neue Gespinste ab. Anana sah das aufgerichtete Glied. Ihr Schoß glühte. Es war heiß

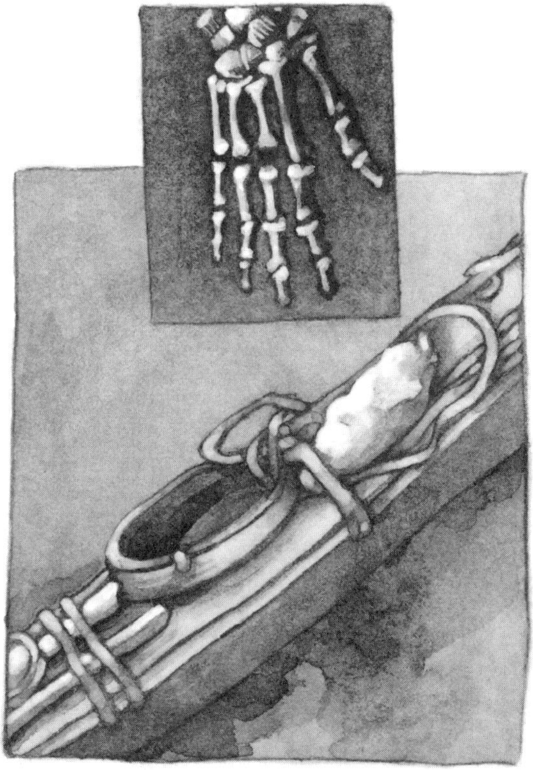

in der Schneehütte. Anana erbebte unter ihren Fellen von einer schalen Lust. Bis sie den Blick des Schamanen auf sich spürte. Kakiwak sagte nichts und sagte alles, und es war gut so. Anana widerstand dem Blick. Sie nahm nicht teil am Vermischen des Blutes. Auf der Schlafbank legte sie sich zur Ruhe und schlief trotz des Seufzens und Stöhnens der sich Paarenden ein. Sie zog sich in die Trommel zurück, in den Herzschlag.

Auf der anderen Seite des Iglus tat der Schamane das gleiche. Er wartete auf seine eigene Trance, die kommen würde.

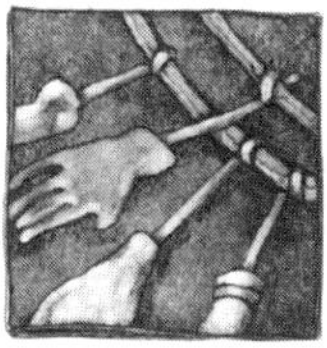

Die-mit-nur-einem-kleinen-Finger träumte. Sie ging über die weiße Fläche und wußte, daß sie den Horizont erreichen mußte. Sie sah, daß er sich nicht von der Stelle rührte, also brauchte sie nur auf ihn zuzugehen. Sie würde ihn erreichen, denn in der Luft dort schwebte ein Sturmvogel. Sie erreichte den Horizont, und der Sturmvogel landete auf den Felsen und verwandelte sich in einen Mann. Anana war stärker als dieser seltsame Mensch, obwohl er ein Mann war. Er sprach eine fremde Sprache und hatte die Augen Amaroks, des Wolfes. Sie sprach in ihren eigenen Worten: »Diese Frau ist allein. Niemand ist da. Diese Frau ist auf der Jagd, und dieser Mann ist die Beute.« Er verstand sie nicht.

Anana erwachte in dem großen Iglu. Kakiwak stand über sie gebeugt.

»Ein Traumgeist hat mich aufgesucht, Anana. Der Geist eines Kabloonak, eines weißen Mannes«, sagte er.

Anana dachte klar.

»Erzähl mir den Traum, den du gesehen hast, Seher«, bat sie.

Ringsum schliefen fast alle noch. Einige Kinder stöhnten leise, beschlossen aber, zwischen den warmen nackten Leibern unter den Fellen liegenzubleiben. Das war besser, als aufzustehen und auf das Essen zu warten.

»Dies ist der Traum, den ich sah«, begann Kakiwak. »Ein weißer Mann ist auf dem Weg in unser Land. Er ist groß, djuark. Sein Haar hat die Farbe der Sonne. Er ist behaart. Er spricht eine fremde Sprache, trägt fremde Waffen. Unsere Jäger sprechen unsere Sprache. Wir verstehen den behaarten Fremdling nicht. Kennt er die Worte? Kennt dieser Mann unsere Art, weiß er, wie wir Menschen sind? Kennt er die Tabus? Versteht er sie? Droht Gefahr? Was will er?«

»Siehst du eine Frau?« fragte Anana.

Kakiwak schüttelte den Kopf. Er hatte keine Frau gesehen. Er wandte den Blick ab. War er auf der Hut? Oder hatte er sie, Anana, wirklich nicht in seinem Traum gesehen? Ihren eigenen Traum behielt Anana für sich. Sie wollte sich nicht mit dem älteren, weisen Kakiwak messen. Sie wollte ihren Traum nicht mit ihm teilen.

»Sag mir, was Anana sieht«, bat Kakiwak.

Anana lächelte, schwieg aber. Sie beachtete Kakiwak nicht mehr. Sie dachte an den Anfang ihres eigenen Traumes. Sie mußte die Felsen am Horizont erreichen. Sie wollte zum Horizont, wo der Sturmvogel schwebte.

Die dunklen Monde waren vorbei. Die Sterne hatten ihren Glanz verloren. Die Seelen aus dem Polarlicht schwebten nicht mehr frei am Himmel. Das Licht der Schwestersonne am Horizont wurde heller. Die Kinder wollten ins Freie, sie wollten spielen. Die Jäger seufzten erleichtert auf.

Als der Umiak fertig war, kämmte die Mutter Ananas Haar. Langsam und andächtig kämmte sie es mit ihren zehn Fingern. Der Bau des Umiaks, das Gerben der Häute – drei Jahreszeiten hatte es gedauert. Ein Frauenboot stand gespannt da.

Dann flossen Wasser und Blut zwischen Ananas Schenkeln.

Der Schmerz schnürte ihr die Luft ab. Anana ging auf den Fellen im Iglu in die Hocke und keuchte schwer. Sie wand sich im Rhythmus der Krämpfe und überließ sich dem Schmerz. Die Mutter kniete hinter ihrer Tochter nieder. Sie schlang die Arme um Ananas Bauch und drückte. Anana stöhnte und weinte, schlug wild um sich und trieb mit einem langgezogenen Schrei die Frucht aus ihrer Welt hinaus, in die Welt hinein.

Ihre Mutter fing das Kind auf und biß die Nabelschnur zwischen Mutter und Kind durch. Das Kind war weiblichen Geschlechts.

Irgendwo auf dem Packeis, an einem Atemloch, blickte Lukak auf. Er hatte einen Schrei gehört. Von einem Kind, von einem Geist, von Nuliajuk? Seine Freude war groß, und er war so übermütig, daß er eine Ringelrobbe fing. Vor dreizehn Wintern war ein anderer Jäger nach dem Schrei beschämt zurückgekehrt. Jetzt sah derselbe Jäger dem Gänseschwarm nach, der über die Ebene strich, um hinter den Hügeln niederzugehen. Der Sommer versprach Vögel und Eier im Überfluß.

Das Kind war vollkommen. Es hatte fünf Finger an jeder Hand.

Anana band dem Kind die Schnur mit den drei Fingerknöcheln um den Hals und legte es an ihre Brust.

Mit dem Kind an der Brust stieg sie wie ein geflügelter Geist auf. Ihre Flügel schlugen von selbst, die Luft trug sie. Das Kind sog sich an ihrer Brust fest. Ananas Augen überblickten die kleine Siedlung an der Flußmündung. Das Eis war nahe daran zu brechen, es würde nicht mehr lange dauern. Die Familien taten die Arbeit, die zu tun war. Schnee hacken, um Schmelzwasser zu bekommen. Die

Hunde für die bevorstehenden Wanderungen füttern. Die Kinder machten Kampfspiele und ließen ihrer Energie die Zügel schießen.

Anana sah es. Ihr Vater kämpfte mit den Elementen und erlegte Robben. Ihre Mutter schabte alle Häute, die der Jäger brachte. Es gab Tran im Überfluß für die Lampen. Anana sah auch sich selbst. Sie saß in der Schneehütte wie auf einer Insel, auf der es nur sie und das Kind gab.

Sie sah Kakiwak in seinem Iglu die Hände ringen. Er wartete auf sie, Anana. Er wußte, daß sie kommen würde, er war sich sicher. Er wußte nicht, wie er mit dieser Frau umgehen sollte. Anana würde mit ihm umgehen. Kakiwak fühlte sich unsicher. Er hatte Angst. Es war eine Angst, die er kaum kannte. Anders als die übliche Angst vor Sturm und Wind, vor der plötzlichen weißen Leere, die Luft und Land auslöscht. Anders als die Angst vor dem Eisbären, der unvermittelt auftaucht, oder vor der Tiefe des eiskalten Meeres. Er konnte diese Angst nicht verstehen, aber er wußte, daß sie der Frau Anana und ihrer Macht galt. Ihre Macht überstieg seine. Diese Erkenntnis machte ihn wehrlos und furchtsam.

Die Flügel und die Augen schwebten aus der Luft herab, und Anana beschloß, zu Kakiwaks Hütte zu gehen. Sie legte das schlafende Kind in ihren Rückenbeutel.

Kakiwak wußte, daß sie kam, lange bevor Anana sich mit Rufen ankündigte.

»Der Clan braucht einen Erzähler, der die Geschichte von der Frau erzählt, die ohne Jäger weggeht und ihr Kind zurückläßt«, sagte Anana bestimmt.

Sie war nicht gekommen, um seinen Rat zu erbitten oder seine Hilfe zu erflehen. Sie brauchte ihn nicht. Sie war gekommen, um ihm ihre Entscheidung mitzuteilen. Sie übertrug ihm ihre Macht.

»Lukaks Frau hat genug Milch für zwei Kinder«, erwiderte Lukak schlau.

»Dann hat das Kind genug Mutter.« Anana nickte zufrieden. Die Sache war geregelt.

»Kehrt Anana zu dem Kind und den Müttern zurück?« wollte Kakiwak wissen.

»Deine Träume werden es dir vorhersagen, Kakiwak. Das Land ist groß und das Leben so lang, wie der Atem dauert. Alles ist möglich für den, der atmet.«

»Bleib bei mir, als meine Frau«, flüsterte Kakiwak listig. Anana sah auf ihn hinab.

»Es gibt nichts, was Kakiwak dieser Frau zu bieten hätte. Kakiwak ist ein Erzähler für Menschen. Andere Frauen werden darum seinen Leib warm halten. Anana hält sich selbst warm.«

»So bricht Anana die Tabus. Das Wild wird ausbleiben«, sagte Kakiwak furchtsam.

»Das Wild wird immer dasein, auch wenn Anana fort ist«, versprach Anana.

Ihre Worte beruhigten Kakiwak. Anana hatte ihm all ihre Macht übertragen.

Heiter legte sie ihr Kind in seine Hände.

»Sorge für meine Frucht, und die Tiere werden weiter kommen«, sagte sie.

Sie ließ das Kind zurück.

Kakiwak brachte es geschwind zu Lukaks Iglu. Dem Kind durfte nichts zustoßen. Es war durch die mächtigsten Geister geschützt und aus dem Schoß Ananas, der Sprachlosen, geboren.

Das Kind war hilflos und wehrlos, solange es keine Worte hatte. Wenn Ananas Mutter es die Worte und das Fadenspiel lehrte, wie sie sie einst Anana gelehrt hatte, würde das Kind ein zu fürchtendes Andenken an die Mutter werden, die nicht da war und die man nicht sehen konnte. Anana hatte sich selbst zurückgelassen.

Anana dachte ein letztes Mal an Lukak. Das Kind stand ihm zu. Er hatte Nuliajuk wohlgefallen. Das Kind würde für seinen Erzeuger sorgen, trug es doch die Erinnerung des Landes in sich, das Versprechen des Fleisches, den erkennbaren Schleim von Mündern und Schenkeln.

Ohne Kind kehrte Anana in den Iglu ihrer Eltern zurück. Sie belud den Schlitten wie für eine weite Reise. Sie brauchte keine Hilfe.

Ihre Mutter packte getrocknetes Karibufleisch ein und Beutel mit Tran und Blut. Sie steckte Anana ihre beste Tranlampe zu. Der Vater stand mit dem Blick eines sterbenden Karibus dabei.

»Sie hat den Willen des Jägers und die Weisheit des Inuk, sie wird ihren Weg finden.« Mehr sagte die Mutter nicht zum Vater, und sie lachte.

Jetzt sah der Mann, wie die Mutter schon immer gelacht hatte. Er neigte den Kopf. Er ehrte sie für dieses Lachen.

Die-mit-nur-einem-kleinen-Finger verließ das Lager. Sie ließ das Kind beim Vater, den Müttern und dem Schamanen zurück. Mit einer Leere in ihrem Innern brach sie auf.

»Ihr Name war Anana, die Mutter«, so sollte Kakiwak seine Geschichte von ihr beginnen.

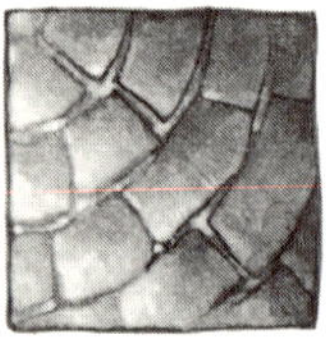

Anana ging im gleichförmigen Rhythmus ihres Atems. Wenn sie müde wurde, folgte sie ihrem Herzschlag, ohne sich zu sehr anzustrengen. Die Schneeschuhe unter ihren Stiefeln waren wie die Füße eines Seevogels.

Arna, der Wolfshund, zog den Schlitten, gefolgt von drei Hunden aus dem Gespann von Ananas Vater. Arnas Welpen hatte Anana gegen starke Zughunde eingetauscht. Außer der Hündin Arna und den anderen Hunden sah Anana nichts als das große Eine.

Sie ging neben dem Schlitten mit dem Umiak und den Speeren her und neben ihrem Schatten, der länger und kürzer wurde. Ihr Schatten bestimmte die Richtung. Und der Ruf in der Ferne.

Anana vernahm den Ruf, geheimnisvoll und nicht von der Welt, die sie mit ihren Augen sah. Den Ruf der Göttin, das Locken des Horizonts.

Sie wußte nicht, wohin und warum. Jede Gefahr war anders als die Gefahr, die vor ihr lag.

Das Gespinst in ihrem Kopf war weg. Vor ihr dehnte sich reglos die weiße Fläche. Die Worte waren weg. Anana lebte im großen Schweigen. Es gab keine Zeit, solange sie ging.

Sie kam an eine schmale, ins Land hineinragende Bucht. Ein Steinkauz kreiste über dem Fjord. Dort wollte Anana ihr Lager aufschlagen. In den Hügeln würde sie, wenn das Eis getaut war, genug Beeren und Pflanzen finden. Die Felsen boten ihr und den Hunden Schutz vor dem Wind aus dem Westen. Der noch zugefrorene Fluß war nahe.

Unter der nie untergehenden Sonne würde sie aus Steinen und Fellen eine Hütte an die Felswand bauen können. Sie verankerte ihren Schlitten, lud den Umiak ab und nahm das Schneemesser. Sie baute einen Iglu. Die Steinhütte würde später kommen. Dann ging sie auf die Jagd. Um ihre Spur zu hinterlassen, um ihr Revier zu erkunden. Die Hunde mußten gefüttert werden, bevor sie sich schlafen legten.

Es war die erste Nacht, in der Anana in ihrer eigenen Hütte schlief und sich in ihren eigenen Schlaf versinken ließ. Hier war sie bei sich selbst geborgen, hier hatte die Wärme zwischen ihren Schenkeln an sich selbst genug.

Bis der Ruf sie wieder unruhig machte. Sie nahm den Speer und den Bogen und zog über das Eis, um

nach Nahrung für sich und die Hunde zu suchen.
So stillte sie das Verlangen in ihrem Leib.

Das Rufen begann. Das Eis krachte. Das Donnern des brechenden Eises hallte über das Land und durch die Luft. Aufstiebender Schnee wirbelte wie Rauch um die Felsen. Die Sturmgeister tobten um die Granitzacken und pfiffen wie Dämonen. Der Boden barst in Spalten und kleine Seen. Sumpfige Erde kam zum Vorschein und lockte Gänse und Reiher dorthin, wo sie ihre Nester bauen konnten. Füchse und Marder schlichen über die Tundra und suchten nach frisch geschlüpften Küken. Die Luft summte von den Lauten des Lebens.

Anana baute sich eine Steinhütte, die sie mit Moos und Häuten bedeckte. Die Hütte war eins mit der Landschaft.

Schmetterlinge und Hummeln schwärmten zwischen den Mohnblüten. Das Schmelzwasser strömte von den Flanken des Fjords. Die Seen öffneten sich den Alken und Sturmvögeln. Mit ihrem wendigen Umiak fuhr Anana aufs Meer hinaus, um zu jagen. Und um die Sturmvögel zu beobachten, die in großer Zahl gekommen waren. Wo Sturmvögel waren, da waren auch Fische. Viele Fische.

Sie sah den Schwarm der Sturmvögel. Ihren Sturmvogel zwischen all den anderen. Er tauchte nach dem Sardinenschwarm, der sich unter der Wasseroberfläche sammelte. Seinen Fang teilte er mit keinem. Er konnte alle anderen Vögel abschütteln. Anana folgte diesem einen Vogel. Als hätte sie noch nie einen Vogel ins Wasser tauchen sehen. Diesen Sturmvogel würde sie unter den anderen erkennen. Diesen einen Vogel, der wie ein Fischadler tauchte, den anmutigsten, den sie je gesehen hatte. Ob die Rachegöttin genauso bewegt war wie sie? Sie wußte nicht, wo der Vogel nistete. Er erschien über den Felsen, wenn die Sonne tief am Horizont stand, verschwand, wenn das Licht gleißte, und kehrte zu den dunklen Felsen zurück, wenn die Sonne von neuem tief am Horizont stand.

Anana hörte das schrille Schreien, noch ehe sie die Nebelwolke sah. Vage erkannte sie den Laut. Das klägliche Heulen des Narwals, des Meereseinhorns. Nuliajuk mußte ihr sehr wohlgesinnt sein, wenn sie ihr edelstes Tier aus der Tiefe emporsandte. Vielleicht konnte Anana es in die Enge treiben. Vielleicht konnte sie es verwunden. Vielleicht konnte sie es töten. Vielleicht reichte dann das Futter, um die Hunde über den Winter zu bringen. So

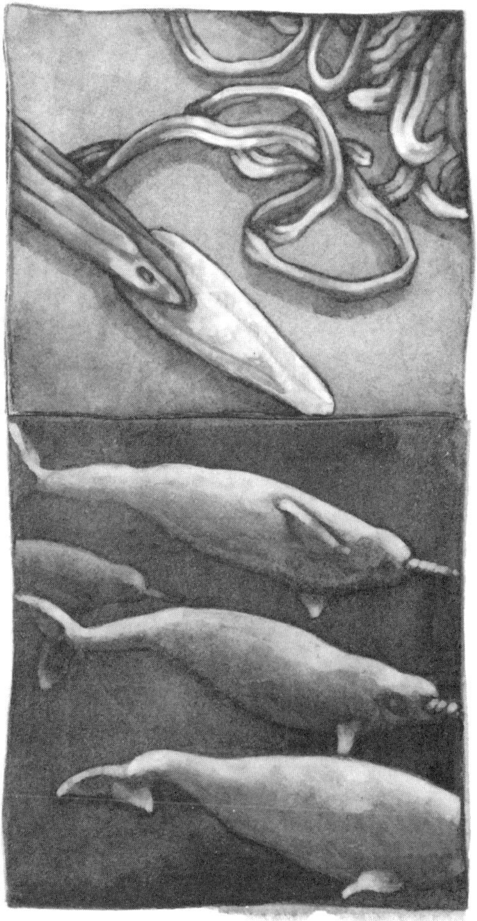

lange war es her, seit sie Muktuk, Walhaut, gekostet hatte. Die Nerven des Narwals ergaben bessere Schnüre als die Sehnen des Karibus. Aber sie konnte das Tier nie und nimmer allein töten. Sie brauchte Jäger. Sie folgte dem Meereseinhorn in seiner nebligen Wolke. »Puff, puff«, klang sein Atem. Seine Blaswolken versprühten Kristalle über die Oberfläche des Meeres. Anana war vor einem Angriff des Meereseinhorns auf der Hut. Es durfte mit seinem elfenbeinernen Zahn nicht ihren Umiak durchbohren. Sie folgte ihm und hielt die Harpune bereit. Wenn es ermattete, mußte sie es hinter der Flosse treffen, in die Lunge. Und hoffen, daß es nicht gleich tot war, nicht sofort versinken würde.

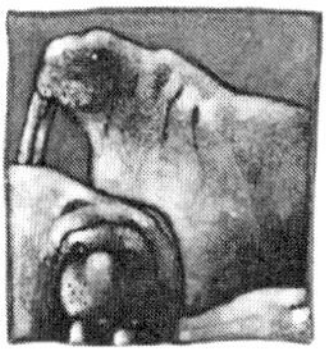

Als Anana ans andere Ufer ihres Fjords fuhr, erhob sich ein Sturm. Sie hatte keine Zeit mehr, ihre Küste zu erreichen. Sie mußte eine andere Anlegestelle finden. Alles ging sehr schnell. Anana war in eine Wasserwelt geraten, ohne Himmel, nach dem sie sich hätte richten können. Der Nebel hatte sie verschluckt, sie gab das Paddeln auf und hielt den Umiak mit ihrem Körper im Gleichgewicht. Der Wind heulte und wand sich wie eine Seeschlange. »Rette mich!« rief Anana dem Sturm zu. »Rette mich!« rief sie nach ihrer Mutter. »Rettet mich!« rief sie den Geistern zu. Die Strömung riß sie fort. Schwarze Felsen tauchten zwischen den schäumenden Wogen auf, kleine Inseln im Meer. Sie würde zerschellen, ertrinken, in die Tiefe gesogen werden. Wo war das Land? Wo hörte das Wasser auf? Sie überließ sich ihrem Boot auf den Wogen im Sturm. Ajornarmat. So sei es.

Plötzlich warfen die Wellen sie und ihr Boot auf die Felsen. Der Umiak steckte in einer Spalte, und die Häute rissen. Anana klammerte sich fest und ließ das eiskalte Wasser über sich hinwegspülen. So plötzlich, wie der Sturm sich erhoben hatte, so plötzlich legte er sich wieder. Flirrendes Licht drang durch den Nebel. Anana blickte um sich und sah, daß das Land nahe war. Es schien von keinem Inuk berührt.

Anana mußte einen Unterschlupf suchen, um zu überleben. Sie nahm ihre Harpune und die Messer aus dem Wrack des Umiaks und watete zwischen Felsen und Muschelbänken hindurch an Land. Sie war völlig durchnäßt. Ihre Kleider mußten so schnell wie möglich trocknen.

Sie würde sich auf die Suche nach einem Tümpel an der Felswand machen. Warmer Schlamm konnte sie retten.

Grelles Sonnenlicht strömte durch die Wolken. Von dem Licht geblendet, sah Anana den Mann erst nicht kommen. Als sich bewegende schwarze Form tauchte er vor ihr auf. Erst glich er einem schwarzen Bären. Doch dann sah sie ihn genauer. Ein Mann, durchscheinend wie neu entstandenes Eis. Sein Haar hatte dieselbe Farbe wie die Federn des Sturmvogels. Anana blieb reglos stehen. Hatte der Sturm sie in eine andere Welt geworfen?

Der Pelzjäger rief seinen Hund zurück, als er sah, daß das durchweichte Bündel ein Inuk war, ein Eingeborener dieses Landes. Er hatte andere Trapper von Rohfleischessern reden hören. Er selbst war nie einem begegnet. Dieser Eingeborene war ungefährlich, halb ertrunken. Der Pelzjäger freute sich, Gesellschaft zu haben. Der Inuk war noch ein Kind, wie es schien. Oder waren sie alle so klein?

Aufmerksam betrachtete der Mann das Gesicht der Gestalt vor ihm.

O Gott, ein Mädchen.

»Ich heiße Thierry«, sagte er in einer Sprache, von der er glaubte, es sei die ihre. Das Mädchen antwortete nicht und gab auch nicht zu erkennen, ob sie ihn verstand. Sie sah ihm direkt in die Augen. Von sehr weit her kam ihr Blick. Thierry umkreiste sie prüfend, während sie unbeweglich stehenblieb.

Sprache ist jetzt nicht wichtig, dachte er. Das Kind brauchte schleunigst den Schutz warmer Kleidung. Sie mußte so schnell wie möglich aus ihren Fellen heraus.

»Komm«, sagte er. Er zog sie am Arm mit sich und pfiff seinem Hund. Das Mädchen folgte ihm. Der Pelzjäger ging zu der kleinen Hütte, die er sich gebaut hatte. Er beschleunigte seinen Schritt, um sie in Bewegung zu halten. Ihre Kleider mußten bleischwer und eiskalt sein.

In der Hütte drehte er die Petroleumlampe höher. Um das Mädchen zu beruhigen, redete er ununterbrochen, über nichts Bestimmtes.

Er suchte ein paar Felle zusammen und warf sie ihr vor die Füße. Sie sah erst ihn an und dann zu Boden. Sie hatte begriffen. Sie legte ihre eigenen Felle ab, Schicht um Schicht. Ein Tier, das sich zum Zweck der Selbsterhaltung häutet. Ihre Nacktheit machte sie nicht befangen, der Mann aber genierte sich. Konzentriert trocknete sie jedes Fleckchen ihres Körpers ab. Ihm wurde warm. Klein und voll in ihrem Körper stand sie vor ihm.

Er legte ihr ein Fell um die Schultern und führte sie zum besten Platz in der Hütte, seiner Schlafbank am Feuer. Zögernd setzte er Teewasser auf. Und wieder redete er, redete, ohne sie anzusehen. Nach Monaten der Einsamkeit in dieser Wildnis war jemand da, zu dem er etwas sagen konnte, auch wenn er keine Antwort bekam. Aber sie hörte ihn, und das bewies, daß er sprechen konnte, daß er lebte. Der Pelzjäger hatte noch ein wenig Zucker und etwas Nelkenwurz zum Tee. Und er erinnerte sich, daß er auf Eierjagd gewesen war, bevor der Sturm losbrach. Als er das Mädchen fand, war er zu den Muschelbänken unterwegs gewesen, um Seetang und angespülte Krebse zu suchen. Er schob ihr die Eier und einen Becher Tee hin.

»Trink«, bedeutete er ihr.

Gottlob, sie trank. Sie aß die noch gefrorenen Eier. Alles wurde gut.

»Das schmeckt dir, was?« fragte er. Er erwartete keine Antwort. Ob sie überhaupt sprechen konnte?

Nachdem sie gegessen und getrunken hatte, stand sie auf und gab ihm den Becher zurück. Er konnte kaum den Blick von ihrem Körper wenden. Sie ging zu der aufgespannten Fuchshaut, nahm den Schaber, als sei sie es nicht anders gewöhnt, und schabte sie sauber.

»Nein, du mußt das nicht machen«, sagte Thierry, aber sie sah nicht auf.

Das Mädchen blickte um sich und lachte lautlos. Ihre dunklen Augen glänzten. Jetzt sah er, wie beerenrot ihre vollen Lippen waren, wie klein und vollkommen ihre Nase. Ihr Gesicht war makellos, sie hatte hohe Wangenknochen, weiße Zähne und glattes blauschwarzes Haar.

Er riß sie in seine Arme, hob sie hoch und fiel auf die Schlafbank, halb auf sie. Sein Mund und seine Hände waren überall. Sie lachte. Die Lust überwältigte ihn. Er spreizte ihre Schenkel und legte sich auf sie. Sie war so klein, als müßte sie bersten. Er kam schnell. Dann sah er, daß an ihrer kleinen Hand ein Finger fehlte. Sie hatte kein Wort gesagt.

Anana hatte kein Wort gesagt. Sie zerfloß in einem Wasserfall aus Sternen, im Licht der toten Seelen. Sie tanzte. Ihr Körper griff nach einer warmen, weichen Lust.

In ihrem Traum war der Mann kleiner gewesen. Der Traum war nicht vollständig. Der Mann am Strand war groß gewesen. Sie war ihm gefolgt, dem großen Mann, Djuark. Auch seine Hütte, ganz aus Holz, entsprach nicht dem Traum. Keine Birkenzweige, kein Torf, kein Gras. In seiner Hütte waren Gegenstände, die sie noch nie gesehen hatte. In einigen erkannte sie Waffen, in anderen Hausrat. Während sie sich auszog, beobachtete sie ihn genau. Sie verstand seine Sprache nicht, und ihrer eigenen Stimme vertraute sie nicht, noch nicht. Er gab ihr Felle, ein klebriges Getränk in einer seltsamen Trinkschale und Eier.

Die aufgespannte Fuchshaut erinnerte Anana daran, daß sie als Mädchen geboren war. Sie folgte ihrem Instinkt. Das Messer neben der Haut war kein Ulu, aber offensichtlich ein Schabmesser.

Die ganze Zeit hatte sie den großen Mann Djuark aus dem Augenwinkel beobachtet. Er war ein Hund. Er war ein Vogel. Er war der Mann, den sie selbst gewoben hatte. Sie würde den Atem einlassen, bis tief in ihren Bauch. Dort saß die Kraft, die ihr nach dem Sturm geblieben war, die Kraft, auch ihm zu widerstehen. Atmen und warten, warten und atmen. Doch er, Djuark, war schnell. So schnell hatte er sie gefangen und in sein Nest geworfen. So schnell hatte er sie besessen. Sie atmete ihn ein.

Als er wieder ruhig wurde, hatte er ihre Hand genommen und gesehen, daß der kleine Finger fehlte. Es rührte ihn. Er sah das Kind, er sah das Mädchen, er sah die Frau. So sehr rührte sie ihn, daß er den Kopf in ihren Schoß legte, um ihre Augen nicht zu sehen.

Sie fuhr ihm mit den Fingern durch das blonde Haar.

»Djuark«, flüsterte Anana.

»Thierry«, sagte er. Seine tiefe Stimme zitterte.

So lagen sie zusammen unter seinen Fellen. Er schlafend, sie mit offenen Augen. Als er erwachte, nahm er sie sanft. Sie lächelte. Sein Samen war warm.

Dann stand sie auf und fragte ihn mit den Händen, wie sie Feuer machen sollte. Von da an verständigten sie sich mit Gebärden.

»Djuark«, sagt er und zuckte die Schultern. Es klang entfernt wie Thierry. Er gab sich mit Djuark zufrieden, was immer es bedeuten mochte. Wenn sie es so wollte.

»Und du?« Er zeigte auf sie.

»Anana.« Sie wiederholte es einige Male. Ihre Stimme klang tief und weise für ein Mädchen.

»Anana«, sprach er ihr nach. Er streichelte ihre Lippen.

Thierry genoß jede Minute. Er kam sich vor wie ein Kind, das zum ersten Mal einen Freund findet und ihm alles von sich sagen und zeigen will. In seinem Überschwang umarmte er sie. Anana lächelte bei allem, was sie zusammen taten.

Er wollte mit ihr ins Freie.

Das Meer war nahe, der Hund mußte gefüttert werden, und der Sommer stand auf dem Höhepunkt, ebenso wie die Stechmücken. Sie retteten von dem Umiak, was noch zu retten war. Bei Ebbe suchten sie Muscheln und Krebse. Im Fluß fischten sie Lachsforellen. Anana schnitt die Fische fachkundig auf, um sie trocknen zu lassen. Sie erschrak, als Thierry Gänse schoß. Noch nie hatte sie ein Gewehr gesehen, noch nie dessen donnernden Tod gehört. Der Pelzjäger sah in ihr das Kind, das die Dinge ganz neu entdeckt. Dann wollte er mit ihr in die Hütte.

»Djuark«, lachte sie. Er schmolz wie Packeis.

Unterdessen hatte Anana eine neue Sprache gefunden. Sie schnitzte Figuren aus allem, was sie fand: Knochen, Geweihe, Speckstein. Sie schnitzte unverkennbar einen Mann, eine Frau, sich selbst mit nur einem kleinen Finger, ein Kind und vier Hunde. Sie zeigte dem Mann ihre Familie.

Thierry wurde unruhig. Er wußte nicht einmal, ob dieses Kindmädchen irgend jemandem gehörte, einem Mann, einem Vater, einem Clan? Wo waren die anderen Inuit? In der Nähe, weit weg? Und was würden sie tun, wenn sie ihn mit Anana fanden? Der Mann wollte nicht entdeckt werden. Er wollte, daß alles so blieb, wie es war. Er war kein Pelzjäger mehr, der seinen Unterhalt bestreiten mußte. Er war nicht mehr der einsame Trapper, der aus der bewohnten Welt geflohen war, weil er sich dort nicht frei gefühlt hatte. Er war Thierry Djuark, und dieses Land hatte ihn aufgenommen.

Das bloße Dasein des Landes war nicht mehr feindselig. Das Land war da, unberührt, still, vollkommen. Er hatte das Gefühl, aus Zeit in Nichtzeit zurückgesogen zu werden.

Der Sommer verging in Harmonie. Die Nichtzeit bot einen Überfluß an Muscheln, Algen und Schneehühnern, Walrossen und einem einsamen Meereseinhorn.

Dann kamen Arna und die anderen Schlittenhunde. Erschöpft und hungrig hatten sie die Wanderung um den Fjord gewagt und Anana gefunden. Sie freute sich wie ein Kind.

Thierry sah, daß die vier beinernen Hunde verschwunden waren, die Menschenfiguren aber wie Totems aufrecht stehenblieben.

Thierry Djuark wußte, daß er eine weise Frau

hatte. Er hatte ihre Würde und ihren Stolz entdeckt, die noch größer waren als ihr Mut. In seiner Heimat hatte er viele Frauen gekannt. Frauen mit Perlen und Juwelen, Fischweiber und Huren, Mädchen und Indianerfrauen. Keine Frau war wie Anana. Keine einzige trug ihre Haut so stolz wie dieses Mädchen. Sie lachte viel, sagte wenig, drückte alles mit den Händen aus, als könnten sie ein Gespinst aus Worten weben. Sie übernahm jede Aufgabe, so schwer sie auch sein mochte. Sie half dem Mann die Fallen aufstellen, oder sie zeigte ihm, wie sie es tun würde. Sie lehrte ihn, hinter den Dämmen, die sie im Fluß bauten, mit dem Speer zu fischen. Sie hatte ein Gespür für Wild und zeigte ihm die Stellen, an denen die Karibuherde auf ihrem Weg zurück nach Süden den Fluß durchqueren würde. Sie sammelte Beeren und Moose. Sie scheute sich nicht, den Schlitten zu beladen und zu lenken. Sie gebrauchte die Peitsche wie ein Mann. Und sie gab ihm rohes Fleisch zu essen.

Als alles zufror, nahm sie ihn mit auf die andere Seite des Fjords. Dort fanden sie ihre Hütte aus Fellen und Steinen. Sie war unversehrt. Die gelagerten Nahrungsvorräte verfütterten sie an die Hunde, und was sich zum Aufbewahren eignete, brachten sie in einen Lagerraum aus Eis. Auf dem Rückweg trotzten sie Schneestürmen, Eisklüften und launischen Wettergeistern, und als sie

Thierrys Hütte erreicht hatten, schneite der Winter sie ein, und es blieb dunkel, außer in Vollmondnächten.

So überwinterten sie zusammen und lebten von den Vorräten, die sie angelegt hatten. Sie machten Spiele, schabten Häute, rauchten den wenigen Tabak, den sie besaßen.

Sie betrachteten die Polarlichter, die in großen grün-gelben Nebeln über die gefrorene Welt huschten.

Er sprach ihre Sprache. Er fragte, woher sie komme.

»Von dort.« Sie zeigt nirgendwohin.

»Gibt es noch mehr Djuarks?« wollte Anana wissen.

Thierry wies auf die Sterne am Himmel.

»Es gibt mehr Menschen als Karibus, so viele wie Steine am Strand.«

»Zu viele!« lachte Anana.

Bis ihr von sich selbst erfülltes Lachen ihn bedrückte. Er sah das erste Anschwellen ihres Bauches, sah, wie sehr sie sich dadurch veränderte. Er rang nach Luft, er erstickte in der Freiheit mit ihr. Sie lähmte ihn als Jäger, als Mann. Der Mann bekam Angst. Angst bekam er, der Pelzjäger, vor der Endlichkeit, vor der Nähe. Er suchte Ausflüchte. Er floh. Er sprach von den Häuten und den Preisen in Naturalien, die er für sie bekommen würde.

Anana dachte an ihren Vater und an das Ansehen des Jägers. Sie verstand ihn und ließ ihn an die Flucht glauben. Er floh begierig. Er floh, als es hell genug war, um sicher zu reisen. Anana half ihm ihren Schlitten beladen. Sie gab ihm Arna mit, ihre Hündin. Sie selbst blieb zurück.

Anana spürte das Leben in sich. Es war groß, es war djuark. Im Schlaf hatte sie einen Traum:

Diese Frau ist die erste Frau. Sie ist dieses Land. Der alte Mann kennt sie nicht. Diese Frau ist immer hiergewesen. Am Anfang, als Tiere und Menschen dieselbe Sprache sprachen, war diese Frau schon da. Sie und der alte Mann des Landes. Sie schliefen zusammen unter der Sonne. Sie waren damals jung. Sein Atem war Feuer, sein Mund war immer offen und hungerte nach dem Himmel. Erkannte der alte Mann sie? War sie noch in seinen Träumen? Träumte er sie mit runden Hüften, verlangenden Schenkeln, vollen Brüsten? Oder schlief der alte Mann jetzt unter den Sternen und träumte vergeblich?

Diese Frau ist die erste Frau. Es gab Menschen, die gegangen sind, um nie wieder zurückzukehren. Es gab viele Menschen. Die Menschen lebten zu-

sammen, lachten zusammen. Sie glaubten, das Land gehöre ihnen. Und das Meer. Sie werden diese Frau niemals finden.

Diese Frau ist die erste Frau. Und weil sie die erste war, wußte sie, daß er mit leeren Händen kommen würde. Der große Mann mit den leeren Händen. Dem alles unter den Händen zerrinnt. Und wenn das Land nehmen würde, was dem Land gebührte, würden nur Gebeine bleiben. Gebeine waren alles, was blieb.

Der Mann schläft und geht unter der Sonne, und er weiß nicht, warum. Diese Frau weiß, daß sie die erste war und daß sie die Schatten von Männern sammelt. Dies ist ihr Land. Vielleicht erzählt sie dem Mann Geschichten, die um Gebeine gewoben sind oder um Seelen oder um Atem. Vielleicht erzählt sie die Geschichten von dem Sturmvogel und dem Hund. Vielleicht findet der Mann diese Frau in Geschichten von Gebeinen und Knochen und Fleisch und Schleim. Vielleicht. Wenn diese Frau es will. Vielleicht findet der Mann diese Frau in diesem Land wie das Netz einer Spinne, voll Licht. Vielleicht, vielleicht auch nicht.

Diese Frau ist die erste Frau, und dies ist ihr Land.

Der Mann findet sie nie, oder fast nie.

Anana hatte ihren Umiak wieder instand gesetzt und wartete auf das Brechen des Eises. Sie wartete auf die Rückkehr der Sturmvögel und auf das Balzen des Meereseinhorns. Sie zählte die Monde an den Fingern ab, wie Djuark es sie gelehrt hatte. Wenn es stimmte, was er sie gelehrt hatte, war er nicht nutzlos gewesen. Er war da, auch wenn er nicht da war. Ob er wie die Sturmvögel zurückkommen würde, war unwichtig. Die Gewißheit der Sturmvögel war da. Und sie hatte sein Gewehr zum Schutz vor dem Eisbären.

Anana fing Robben unter dem Eis. Sie war wieder Jäger, Fischer, Die-für-sich-selbst-sorgt.

Sie erinnerte sich daran, wie sie mit ihrem Vater auf die Jagd gegangen war, an jedes einzelne Mal. Denk wie der Fels, denk wie der Wolf, denk wie der Vogel, denk wie die Robbe. Nur dann kannst du dein Tier fangen, nur dann bist du ein echter Jäger.

Sie lauschte dem klagenden Ruf des Rothalstauchers. Sie ahmte den trällernden Gesang der Schneeammern nach, um die eisige Trägheit zu durchbrechen. Sie sprach zu dem Fötus in ihrem Bauch und wiederholte die magischen Worte, die ihre Mutter sie gelehrt hatte. Ihre Träume griffen nach dem anderen Kind bei den Müttern.

Der Pelzjäger fand den Weg zurück. Er traf sie gesund und hochschwanger in seiner Hütte an. Monate hatte er gegen sich selbst gekämpft und gegen das, was man ihn von Geburt an gelehrt hatte. Monate dauerte es, zu verlernen und auf das Land zu vertrauen. Bis das Land eine Karte in ihn eingeätzt hatte. Er brauchte nur eines zu tun: seiner inneren Karte folgen.

Er wollte sie heiraten, das Kind zu seinem Kind machen, sie als seine Frau in seine Welt einführen. Er war fest entschlossen.

Anana nahm ihn wieder auf und sättigte seine Lenden mit ihrem Schoß, ihren Händen, ihren Lippen.

»Djuark«, sagte sie immer wieder.

Und er, Djuark, war bewegt, weil er ihre Anmut und ihre Sprache wiedererkannte, weil er den Kopf an ihren prallen Leib legen konnte und sie mit den Fingern durch sein Haar strich.

Das Eis brach. Das Land wurde sumpfig und schlammig, und die Vögel nisteten. Anana wurde krank. Sie bekam Fieber. Krank sein war undenkbar für sie. Sie glaubte, immun zu sein gegen den Mann, der sie geschwängert hatte. Sie vergaß Kakiwaks Traum, seine Warnung, daß dieser Mann die Art, die Tabus des Inuk nicht kenne.

Keine Mutter war da, keine andere Frau, die sie

entbinden konnte. Das ungeborene Kind kämpfte in ihrem Körper. Anana versank in Träume und phantasierte. Sie sprach von dem Clan, vier Tagereisen entfernt, auf der anderen Seite der Hügel.

Djuark badete ihren heißen Leib in eiskaltem Wasser. Er umsorgte sie wie ein Vögelchen. Ihre Schwäche rührte ihn, und er war ratlos, als er das Leben des Kindmädchens wie Saatkörner zwischen seinen Fingern zerrinnen sah. Schuld und Scham verzehrten ihn.

Sie wollte ihm etwas mitteilen. Sie bat um die Figuren, die sie geschnitzt hatte. Sie zeigte ihm den Stand der Sterne und die Richtung, die er einschlagen mußte. Zu ihrem Clan.

»Anana, frag nach Anana«, wiederholte sie fiebernd.

Der Pelzjäger nickte. Er hatte sie krank gemacht. Er hatte ihren Widerstand gebrochen, sie zurückgelassen und sie verraten. Er stützte sie, als sie zum Meer ging. Ihre Augen waren klar, leuchtend braun. Lächelnd rief sie nach ihrer Mutter: Anana. Sie hatte ein Bild vor Augen, das er nicht sehen konnte. So glitt sie aus seinen Armen ins Wasser. Das Mädchen mit dem Kind wurde kalt und starr.

Der Mann fuhr mit ihrem unschuldigen Leib im Umiak aufs offene Meer hinaus. Dort ließ er sie in ihre Tiefe sinken, wo sie zwischen Seetang und den

Knochen des Wals wieder zum Leben erwachen würde.

Thierry packte das Nötigste zusammen. Er rief Arna und die anderen Hunde. Er folgte dem Lauf der Sterne, wie Anana es ihm gezeigt hatte.

In dem Dorf fand er alles so vor, wie sie es ihm beschrieben hatte. Er fragte nach Anana. Die Tupilaks, die sie geschnitzt hatte, zeigte er dem angesehensten Jäger des Clans. Der Schamane lud ihn ein. Thierry wurde als der langerwartete blonde Fremdling empfangen.

In der Nacht brachte man ihm ein Kind in die Hütte Kakiwaks, des Schamanen. Die Frau, die es trug, hieß Anangaip. Das Kind hatte große, dunkle Augen, einen feuerroten Rosenmund und eine kleine, vollkommene Nase. Die kleinen Hände und Füße waren von graziler Schönheit. Um den Hals trug es eine Schnur mit den Knöcheln eines kleinen Fingers. Anangaip bot sich dem Pelzjäger an. Er nahm die Frau, ohne zu zögern, als folgte er einem uralten Ritual. Er respektierte die Tabus und zog sich in den Schein der Tranlampe zurück. Die ganze Zeit über hatte das besondere Kind ihn angesehen, mit weit offenen Augen, als wollte es nichts von den Bewegungen zwischen dem Mann und der Mutter verpassen. Vorwurfsvolle Augen, sehnsüchtige Augen, hungrige Augen. Sprachlose Augen.

Als seine Lust gestillt war und die Frau von der Schlafbank wegging, winkte der Jäger dem Kind.

Er zog das Kind an sich.

Er erzählte die Geschichte:

»Es war einmal ein Waisenmädchen, ohne Vater, ohne Mutter. Sie lebte in einem Dorf auf einer der vielen Inseln. Niemand sorgte für sie, niemand gab ihr zu essen. Sie stahl den Hunden die Reste von Mark und Blut. So hielt sie sich am Leben. Eines Tages beschloß der Clan, in ein anderes Land zu ziehen. Sie packten ihre Sachen und luden alles in einen großen Umiak. Männer, Frauen und Kinder stiegen in den Umiak und legten ab. Das Waisenkind ließen sie zurück. Es geriet in Panik.

›Laßt mich nicht zurück! Nicht so! Nicht allein!‹

Das Boot trieb davon.

Das Mädchen stieg ins eiskalte Wasser und watete hinterher. Das Wasser reichte ihr bis zum Kinn.

Sie hielt sich mit beiden Händen am Bootsrand fest und flehte die anderen an, sie mitzunehmen.

Einer der Jäger ergriff sein Messer und hackte ihr die kleinen Finger ab. Das Kind fiel rückwärts ins Wasser. Die kleinen Finger verwandelten sich in Seehunde, die das Mädchen wieder nach oben trugen. Mit ihren blutenden Händen klammerte sie sich weinend von neuem an den Bootsrand. Wie-

der ergriff ein Jäger sein Messer und hackte Finger ab. Das Mädchen ließ los und versank. Die Finger verwandelten sich in Walrosse. Mit ihren Hauern brachten sie das Mädchen an die Oberfläche zurück. Sie klammerte sich mit ihren beiden Daumen verzweifelt an den Umiak. ›Rettet mich!‹ rief sie schwach. Ein Jäger hackte ihr auch die Daumen ab. Die Daumen verwandelten sich in Narwale. Das Mädchen sank auf den Meeresgrund, und die Tiere, die aus ihren Fingern entstanden waren, tauchten mit ihr hinab.

Jetzt lebt das Mädchen im Skelett des größten unter den Walen. Die Tiere sorgen für sie, und wenn sie singt, dürfen sie nach oben, zu den Menschen. Weint das Mädchen aber über das große Unrecht, das ihr angetan wurde, kommen keine Tiere an die Meeresoberfläche. Nur wenn ein weiser Schamane die Reise zum Grund wagt, ihr das Haar kämmt und sie als die Große Mutter des Meeres ehrt, schickt sie ihre Tiere wieder hinauf, und die Menschen können wieder essen. Der Name des Mädchens war Anana, Mutter, jetzt aber heißt sie Nuliajuk, Große Mutter.«

Das Kind lauschte der Stimme des Mannes. Die Stimme brachte Ruhe. Das Kind lauschte der Stimme des großen Mannes. Sie erinnerte sich an ein uraltes Wort. Es klang wie süße Milch. Anana.

Sie hörte den Herzschlag, das Pochen, und das Gespinst in ihrem Kopf wurde still. So konnte das Kind an der Brust des Mannes schlafen, mit den drei Fingerknöcheln zwischen sich und ihm. Das Kind bekam einen Namen. Das Kind bekam den Namen der Mutter, Anana.

KABEL

Velma Wallis

Zwei alte Frauen

Eine Legende von Verrat und Tapferkeit. Aus dem Amerikanischen von Christel Dormagen. Illustriert von Heinke Both. 119 Seiten. Gebunden

Der große Bestseller um zwei imponierend starke Indianerinnen: In einem besonders harten Winter werden sie von ihrem Stamm sich selbst überlassen. Doch die beiden alten Frauen geben nicht auf. Allein in der Wildnis besinnen sie sich auf ihre ureigenen Fähigkeiten … In diesem preisgekrönten Buch erzählt die Autorin eine bewegende Legende, die in ihrem Volk seit Generationen mündlich überliefert wird.

»Diese Geschichte hat mich gelehrt, daß den eigenen Fähigkeiten keine Grenzen gesetzt sind, wenn es darum geht, das im Leben zu vollbringen, was man muß – schon gar nicht durch das Alter. In jedem menschlichen Wesen auf dieser weiten, komplizierten Welt ruht eine erstaunliche Anlage zur Größe.«
Velma Wallis

03/1050/01/R

PIPER

Lilian Noetzel

Belishs Garten

155 Seiten. Gebunden

»In dem Brief meines Onkels stand, daß ich Kalligraph sei, daß mein Vater aus Tabriz stammte wie Belish selbst und meine Mutter vom Kaspischen Meer. Mein Onkel hatte geschrieben, ich sei, Allah sei's geklagt, stumm, und er erinnerte Belish daran, daß dieser meinem Onkel noch zu einem Gefallen verpflichtet sei.«

Die Ausführlichkeit des Briefes brachte Manour ein Glas Tee in Belishs Restaurant ein. Und während des dritten Glases fragte Belish ihn, wo er zu erreichen sei, falls er einen Auftrag für ihn habe. Manour nahm ein Stück Papier aus der Tasche und schrieb: Manour Chayed, 72 Rue de la Goutte d'Or. Dabei verwendete er die kursive Naskhischrift, deren Buchstaben aussehen wie fliegende Vögel. Belish gefiel der Zettel, und er rief seine einzige Tochter, Nuriye, das Licht. Manour sollte für Nuriyes baldige Hochzeit kalligraphieren – doch vom ersten Moment an dachte er nur daran, wie er ihr seine Liebe erklären könnte.

»Belishs Garten« beschreibt die unmögliche Möglichkeit einer Liebe zwischen zwei Menschen, die ihrer Bestimmung zu entgehen versuchen.

01/1334/01/L